Von Eva Berberich sind als dtv Großdruck im Deutschen
Taschenbuch Verlag erschienen:
Alles für den Kater
Das Glück ist eine Katze
Nicht ohne meinen Kater
Der Kater, der nicht reden wollte
Ein himmlischer Fall für vier Pfoten
In der Blauen Stunde kommen die Katzen
in Vorbereitung: Die Buchkatze und andere Katzen

*

Bei tredition: Die Papstkatze
Rombach-Verlag Freiburg: Der Teufel steckt im Bild
Kore-Verlag Freiburg: Geschichten von Mann und Frau

*

Eva Berberich lebt mit Katze und Ehemann, dem Schriftsteller
Armin Ayren, im Hochschwarzwald. Mit ihren heiteren und
tiefsinnigen Geschichten hat sie sich in die Herzen zahlloser
Katzenfreunde geschrieben

Impressum

© 2016 Eva Berberich
Umschlag, Illustration: Valerie Nyre

Verlag: tredition GmbH, Hamburg

ISBN
978-3-7345-6807-7 (Paperback)
978-3-7345-6808-4 (Hardcover)
978-3-7345-6809-1 (e-Book)

Printed in Germany

Eva Berberich

Geh nicht ins Moor, wenn's dunkel wird!

oder
Die Moorkatz von Tiefenhäusern

mit schauerlich-schönen Bildern
von Valerie Nyre

Der Aberglauben ist die Poesie des Lebens. Darum schadet's dem Dichter nicht, abergläubisch zu sein. (Goethe)

Zum Andenken an Joachim Storck, den Freund und
ehemaligen Besitzer von Haus Tannenbaum

Ich verlange und erwarte nicht, daß man die höchst seltsame und doch einfache Geschichte, die ich hier niederschreiben will, glaubt. Es wäre auch töricht, dies zu tun, denn ich selbst vermag dem Zeugnis meiner Sinne kaum zu trauen ...

So beginnt eine der unheimlichen Erzählungen des amerikanischen Dichters Edgar Allan Poe, in der ein dämonischer Kater einen Bösewicht an den Galgen bringt. Sie erschien im Jahr 1843.
Die Geschichte, die ich hier niederschreibe, spielt nicht im Gestern, sondern im Heute, nicht in Amerika, sondern in der südlichsten Ecke des Hochschwarzwalds. Aber auch sie ist einfach und höchst seltsam. Und auch ich erwarte nicht, dass mir jemand glaubt, traue ich ja selbst kaum dem Zeugnis meiner Sinne. Doch ist es kein Kater, der mich das Gruseln gelehrt hat, sondern eine ebenfalls ziemlich dämonische

Katze

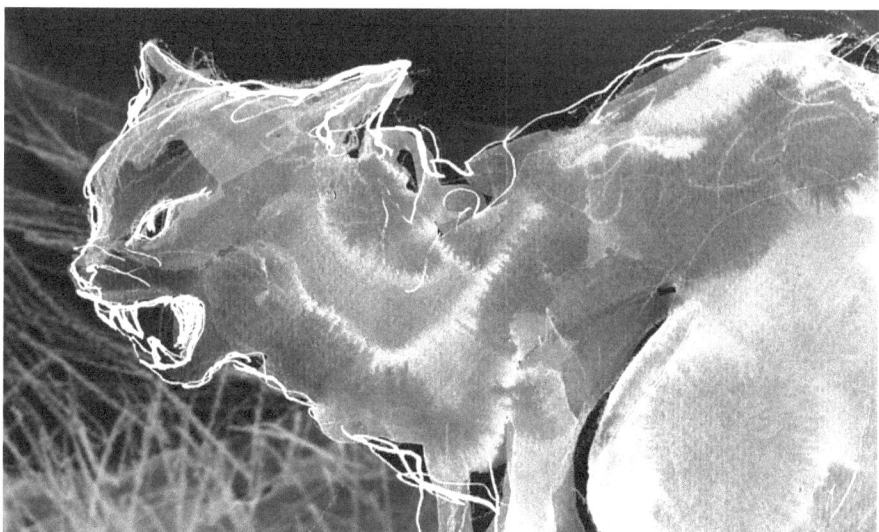

Am ersten Tag

Tiefenhäusern. Drei stumme Nonnen, ein charmanter Hund. O du lieber Augustin! Das wunderliche Bild. Der Tote im Moor. Die Moorkatz. Von seltsamen Käuzen, blauen Schweinen und anderen makabren Vorlieben der Eingeborenen. Silva nigra, der große schwarze Wald. Es katzelt. Die Glocke

Wer zu viel Speck auf den Rippen angesammelt hat, dem Zeitgeist verpflichtet unter Burnout leidet und etwas für sein körperliches und seelisches Wohlergehen tun möchte, der mache sich auf, fahre in eine idyllisch gelegene Klinik am Bodensee und faste heil.

Er darf sich freuen auf Gemüsebrühe, Brennnesseltee, Massagen, Bäder, Wanderungen, Gespräche, einzeln und in Gruppen. Er darf aus sich herausgehen, in sich hineingehen, zu sich kommen, den Mund aufmachen, den Mund halten. Weil Reden Silber ist, Schweigen aber Gold. Das kostet. Aber wie die Werbespots verkünden: Das war ich mir wert.

Auf Anraten des gütigen rauschebärtigen Paters und Seelenbegleiters Anselm Grün hatte ich, wie alle Teilnehmer, den mitgebrachten Stress im Bodensee versenkt, ein paar Kilo abgespeckt sowie, um das Gelernte zuhause zu verinnerlichen, zwei seiner eher mageren Büchlein erworben. Darin war zu lesen, dass ich mich nun, nach Absolvierung des ganzen Programms, euphorisch, leicht und frei fühlte, rundherum zufrieden, heil, genesen und ganz.

Auf dem Heimweg hielt ich immer wieder an, um die atemraubende Aussicht zu genießen: ein wallendes Nebelmeer, ein zweiter Bodensee, aus dem die Spitzen der Alpen herauswuchsen. Bald dämmerte es, im November sind die Tage schon kurz. Die Vulkankegel des Hegau lagen hinter mir, ich hatte dem Poppele, dem Burggeist vom Hohenkrähen zugewinkt, einem alten Be-

kannten aus dem *Schmiedledick,* einem meiner Lieblingskinder-
bücher, als mir einfiel, dass in dieser Ecke des Hochschwarzwalds
ein alter Schulfreund lebte, von dem ich seit fast zwanzig Jahren
nichts mehr gehört hatte. Ich wusste nur, er hatte sich in einem
kleinen Ort vergraben, an dessen Namen ich mich nicht erinnern
konnte, irgendwo zwischen Waldshut an der Grenze zur Schweiz
und St. Blasien. Während ich auf der Bundesstraße dahinzockelte,
tauchten Bilder aus der gemeinsamen Schulzeit auf ...

Augustin war anders als der Rest der Klasse. Er brüllte nicht
herum, sein Wortschatz war wesentlich manierlicher, er sagte nie
‚Scheiße' oder ‚Arschloch', seine Fingernägel waren immer sauber,
statt wie unsereins Gitarre oder Schlagzeug spielte er die edle
Viola da gamba und erklärte dem Lehrer, was Idiosynkrasie ist.
Und schon damals nervte er den Deutschlehrer, weil er, begabt
mit einer poetischen Ader und einem sagenhaften Gedächtnis,
sämtliche Gedichte, die wir im Unterricht malträtierten, nicht nur
schon kannte, sondern auch auswendig wusste. Sogar *Die Glocke.*
Alle sahen in ihm den zukünftigen Universitätsprofessor.

Ich schaute auf die Karte, aber die eher seltsamen, fast putzigen
Namen der kleinen Orte - Häusern, Bannholz, Remetschwiel,
Brunnadern, Ay, Geiß, Nögenschwiel, Faulenfürst, Attlisberg,
Ober- und Unterweschnegg, Heppenschwand, Amrigschwand,
Strittberg, Görwihl -, sie sagten mir nichts. In der Hoffnung, er
werde mir noch einfallen, bog ich ab von der Hauptstrecke und
nahm die B 500 in Richtung Waldshut. Sie führt am Schluchsee
entlang über den kleinen Ort, den der Zugführer, wie ich von
früher wusste, zur Freude seiner Fahrgäste aus dem Norden als
„Aha" anzukündigen pflegt.

Am Ortseingang von Höchenschwand, es nennt sich *Dorf am
Himmel,* ist aber auch nicht frömmer als andere Dörfer, verkündete ein Schild selbstbewusst, ich sei am Ziel, was ich ignorierte. Die
fetten weißen Leuchtkugeln, mit denen der Ort Besucher und

Vorbeifahrer grüßt, ließ ich hinter mir, ebenso Oberweschnegg, ein Name, so unpoetisch, dass die Lust, diesen Weiler näher kennenzulernen, sich in Grenzen hält. Zu unrecht, wie ich feststellen sollte, Oberweschnegg hat seine eigene verschlafene Poesie, und das ist wörtlich zu verstehen. Mehr davon später.

Dann sah ich linkerhand im Scheinwerferkegel ein Schild mit zum Teil verblassten Buchstaben, und bereitwillig ergänzte mein Kopf das Fragment zu einem sinnvollen Wort: Tiefenhäusern - ein Name, wie er schwarzwälderisch nicht sein kann. Warum stand der nicht auf der Karte? Ich sah nach: Er stand da, aber genau auf dem Knick und daher verwischt und unleserlich.

Also hinein in den Ort, vorbei am *Rössle*, einem *historischen Landgasthaus*. Es gibt viele historische Gasthäuser hierzulande, und jedes von ihnen behauptet stolz, das älteste zu sein. Keine Straßenbeleuchtung, aber in den Fenstern bläuliches Fernsehflimmerlicht. Aus dem Dunkel tauchte eine formlose Masse auf, die sich als drei Menschen entpuppte. Sie kamen eng nebeneinander langsam und schwerfällig auf mich zu. Ich hielt an, kurbelte die Scheibe herunter, nannte den Namen meines Freundes und fragte, ob man mir helfen könne.

Die drei Frauen waren in Schwarz, offenbar Nonnen, dazu noch stumm. Sie blickten durch mich hindurch, als hätten sie mich nicht verstanden. Ein Hund rannte vorbei und blieb stehen. Ich wiederholte meine Frage - keine Reaktion. Der Hund kratzte sich mit dem Hinterfuß am Kopf und schien nachzudenken. Als ich mich wieder den Nonnen zuwandte, waren sie verschwunden, auch das Geräusch ihrer Schritte von der Dunkelheit verschluckt. Ein kühler Hauch wehte mich an und ließ mich frösteln. „Die Damen gehören wohl zum Kartäuserorden", sagte ich zum Hund, „die dürfen nicht reden. Aber so ernst bräuchten sie ihr Schweigegebot nicht zu nehmen. Wie find ich jetzt Augustins Haus?"

4

Der Hund kratzte sich abermals, bellte eine Antwort und lief, sich immer wieder umsehend, in eine bestimmte Richtung. Ich folgte meinem vierbeinigen Lotsen. Vor dem letzten Haus, einem älteren efeuumwachsenen Gebäude, blieb er, eine Pfote erhoben, stehen. Ich stieg aus, versprach ihm eine Wurst, sollten sich unsere Wege nochmal kreuzen. Er nahm's schwanzwedelnd zur Kenntnis und verzog sich. Ein schmaler Fußweg geleitete mich zur Tür. Da ich keine Klingel fand, betätigte ich den altmodischen Türklopfer mit Katzen- oder Löwenkopf. Merkte dann, die Tür war nur angelehnt und gab nach. Ich hörte Schritte, eine Stimme: „Heinrich der Seefahrer. Na, da bist du ja."

„Ich komm nicht mit dem Schiff, sondern mit dem Auto."

Der Spitzname hing mir seit der Schulzeit an. Damals war ich stolzer Besitzer eines maroden Ruderboots, mit dem ich auf dem Altrhein herumzuschippern pflegte. „Aber du konntest doch nicht wissen, dass ich ..." sagte ich.

„Nein, aber ich hab gerade an dich gedacht."

„Aus welchem Anlass?"

„Ich hab in einem alten Fotoalbum geblättert und das Abiturbild gefunden, du stehst in der Reihe unter mir, meine Hände liegen auf deinen Schultern, und wir grinsen beide etwas dümmlich."

„Ich schon", sagte ich, „aber du kannst gar nicht dümmlich grinsen. Du lächelst dezent-arrogant."

„Und als ich den Türklopfer hörte, wusste ich: Er ist es."

„Das gibt's doch nicht."

Augustin lachte. „Das gibt es wohl, und gar nicht mal selten."

„Zufall", sagte ich.

„Ja. Du bist mir zugefallen. Ins Haus gefallen."

„Du hast einen Bart, Augustin."

„Und du eine Glatze, Heinrich. Komm rein!"

*

5

Wir hatten eine Kleinigkeit gegessen - Brot, Schinken, Käse, dazu Wein getrunken. Er backe sein Brot selbst, sagte Augustin, dann wisse er, was drin - oder, wichtiger, was nicht drin sei, früher habe man ja gern mit Chinesenhaar die Krustenbildung gefördert. Welche Haare, oder was immer statt ihrer man heute nehme, wolle er gar nicht wissen.

Nun streckten wir die Füße zum Kaminfeuer. Es knisterte, Funken sprühten, Scheite knackten und glühten, und ich erzählte von den drei stummen Nonnen, die offenbar keine Lust gehabt hatten, mir den Weg zu zeigen. „Warum treiben die sich überhaupt hier in der Dunkelheit herum?"

„Haben sie gespuckt?" fragte Augustin. „Gespukt mit ck?"

„Nonnen haben zu beten, aber nicht zu spucken", sagte ich. „Komische Frage."

„Nicht so komisch, wie du denkst. Die drei gelten als nicht sehr freundlich im Umgang. Wo kommst du eigentlich her?"

Ich erzählte von meiner Heilfasterei am Bodensee.

„Warum tust du dir sowas an, Heinrich?"

„Weil ich das Gefühl hatte, allmählich nicht nur Fett, sondern auch Rost anzusetzen, innerlich zu verstauben, auf dem falschen Dampfer zu sitzen."

„Und nun bist du entrostet, entstaubt und sitzt auf dem richtigen Dampfer?"

„Wird sich zeigen. Einige Leidensgenossen erklärten sich für neugeboren, andere, sie seien immer noch die alten Affen, nur um ein paar Kilo leichter. Der See war leider schon zu kalt zum Baden, aber das Wetter herbstlich-sonnig, und Pater Anselm Grün strahlte ununterbrochen Menschenliebe aus."

Inzwischen war es ganz dunkel geworden, Wind kam auf, rannte ums Haus, und Augustin meinte, es sei wohl an der Zeit, ihn zu füttern.

„Dann war das dein Hund, der mich hergelotst hat?"

„Das ist nicht meiner, der schaut nur manchmal bei mir herein. Mein Hund wär eine Katze. Nein, ich meine den Wind, das himmlische Kind. Wenn der allzu stark oder allzu stürmisch und zu lange über die Flur weht, füttert man ihn mit Mehl und mit Salz. Eine uralte Sitte hier. Dann lässt er nach. Oder auch nicht. Vielleicht mag er weder Salz noch Mehl. Hörst du, was er brüllt? Bäumchen rüttel dich, Bäumchen schüttel dich!"

Der Wind wirbelte Blätter herunter für einen dürren Totentanz. Totentanz - warum fiel mir das Wort ein? Vielleicht, weil November war, ein Monat, in dem man seit alters her der Toten gedenkt, wenigstens die Älteren, die schon mehr Zeit hinter als vor sich haben. Oder weil ich mir fast vorkam wie in einer englischen Gruselgeschichte, die oft damit beginnt, dass zwei am Kaminfeuer sitzen, während draußen etwas umgeht in der Nacht - etwas Unbekanntes, Ungenanntes, Unheimliches ...

Und ich dachte an das Märchen *Das kalte Herz* - „von wem ist das, Augustin?" - von Wilhelm Hauff, das wir im Deutschunterricht gelesen hatten. „Tiefenhäusern" sagte ich, „klingt nach Tanne und Fichte, nach Harz und Holz, nach Waldesstille und Einsamkeit. Wo kommt der Name denn her?"

„Da gibt's mehrere Erklärungen, am besten gefällt mir die: Es gab vorzeiten zwei Häusern, eins oben auf dem Hang - Oberhäusern -, weiter unten Tief- oder Tiefenhäusern. Wobei der Unterschied zwischen oben und unten minimal war. Die Bewohner waren sich, wie das meist ist, spinnefeind. Die oberen wollten ihre Ruh, sie hassten Krach und Getöse, den unteren konnte es nicht laut genug sein. Auch waren die Oberhäuserner ein arrogantes Völkchen, sie hielten sich für die besseren Häuserner, schließlich wohnten sie näher am Himmel und also näher beim lieben Gott. Was die Tiefenhäuserner so fuchste, dass sie eines Tages hinaufzogen, bewaffnet mit allem, was Krach machen kann, Sensen, Schüsseln, Trommeln, Klingeln, Retschen,

Hunden, Babies, Brüllaffen, Schellenbambeln, Pauken und Trompeten. Sie machten einen solchen Lärm, dass die Schallmauern, die die Oberhäuserner um ihre Häuser gebaut hatten, es den Mauern von Jericho nachmachten, einstürzten und alle Oberhäuserner mit Mann und Maus und Kind und Kegel unter sich begruben. Nun hatten die ihre Ruh. Seither gibt es nur noch Tiefenhäusern. Das Krachmachen liebt man immer noch, am jährlichen St. Anna-Fest geht es so laut zu, dass die Vögel von den Bäumen fallen."

Ich fand, das sei wirklich mal eine originelle, ungemein überzeugende Ortsnamenerklärung.

Augustin warf ein paar Kiefernzapfen ins Feuer. „Du siehst, hier ist es gar nicht so harzig, holzig, still und einsam, wie der Name großartig behauptet. Überall wird auf Teufel komm raus gebaut, Häuser, Ferienwohnungen, Fabriken, Gewerbegebiete noch und noch. Bauern, Waldbesitzer, Gemeinde und Forstämter schlagen Bäume in einem wahren Abholzrausch. Holz bringt Geld in den Säckel. Und neben moosüberwachsenen Findlingen modern nicht nur Baumstrünke und Wurzeln, sondern alles, was der heutige Mensch, weil's nichts kostet, gern im Wald entsorgt: Couchgarnituren, Kloschüsseln, Gießkannen und solches Zeug. Ich bin oft im Wald, der Brombeeren, Himbeeren und Pilze wegen. Aber was in einem Jahr noch da ist, das ist im nächsten verschwunden, meine schönen Pilzgebiete von Traktoren niedergewalzt. Wusstest du, dass es über hundert Jahre braucht, bis der mit schweren Maschinen zusammengedrückte Waldboden sich erholt hat?"

8

„Nein", sagte ich, „aber wissen es die Traktoren?"

„Es ist ihnen egal."

Er solle mir doch bitte nicht alle Illusionen nehmen, bat ich, schließlich lebe er doch in einer immer noch als idyllisch geltenden Gegend, in der andere Urlaub machten. Ich deutete auf ein sehr kleines, schlicht gerahmtes Bid überm Kamin: eine Wiese mit einer Kapelle, auf dem Dachreiterchen drei weiße Vögel, vermutlich Tauben, eine hohe Baumgruppe, in der Ferne weich geschwungene, sanft verblassende Bergkuppen. „Ist das hier in der Nähe?"

Um drei Ecken herum. Der Künstler, den er gut kenne, male einzigartige, aus dem üblichen Rahmen fallende Bilder.

Ich sah aber nichts aus irgendeinem Rahmen Fallendes, Unübliches, Einzigartiges.

Das täusche, sagte Augustin. Der Künstler - er verabscheue übrigens die Bezeichnung ‚Künstler', er ziehe ‚Bildner' vor - male ganz zeitvergessen oft wochenlang an einem Bild. Er verwende nur Farbstifte und lege stets viele Schichten übereinander. Die meisten Bilder seien kaum mehr als taschenbuchgroß.

„Was meinst du mit ‚einzigartig'?"

„Das Motiv."

„Aber ich muss doch nur zu der Stelle gehen, wo man diesen besonderen Blick hat auf Kapelle, Wiese, Bäume, Berge …"

„Ich war mit dem Bild in der Hand dort, wo er gesessen und gemalt hat. Alles weg, außer den Bergen. Keine Kapelle. Keine Tauben. Keine Bäume. Er hat die Schultern gezuckt, er sei ein durch und durch realistscher Bildner, der nur male, was er vor Augen habe, in diesem Fall eine Kapelle, drei Tauben auf dem Dach, die Baumgruppe, dahinter die Berge. Die Kapelle wurde übrigens vor Jahrhunderten auf einem uralten Gräberfeld erbaut. In Vollmondnächten, heißt es, kamen hier Hexen zusammen, tanzten um die Kapelle herum und zeigten ihr den nackten Hintern."

Als Motiv fand ich das attraktiver als die Täubchen.

„Und als während der Reformation die Bewohner dieser Gegend lutherisch wurden, saßen immer sonntags drei weiße Tauben auf dem Dach und klagten, und aus den Dachtraufen floss, auch bei strahlender Sonne, Wasser."

„Die Kapelle hat geheult?"

„Sie hatte allen Grund dazu. Nach einer alten Prophezeihung werde ein furchtbarer Weltkrieg ausbrechen, aber nicht, solange die Kapelle stehe. Sie wurde 1913 abgerissen."

„Der Maler - pardon, Bildner - kannte natürlich die Sage."

„Er hatte nie davon gehört. Seine Kapelle gleicht aufs Haar - ein schiefes Bild, denn Kapellen haben keine Haare - der abgerissenen, wie ich auf einem alten Stich gesehen habe. Seine Bilder zeigen Dinge - vergangene oder auch zukünftige -, die er sieht, ein anderer nicht. Er hält sich an Caspar David Friedrich, den er auch nicht kennt, der sagt, ein guter Maler male nicht nur, was er vor sich, sondern auch, was er in sich sehe. Sieht er aber nichts in sich, sollte er auch nicht malen, was er vor sich sieht. Mein Bildner hat auf eine Weise, die weder er sich, noch ich mir oder dir erklären kann, aber auch nicht will, seine innere Kapelle, auf deren Dach innere Tauben sitzen, umgeben von inneren Bäumen, nach außen projiziert und gemalt."

„Ich hätte Lust, diesem kuriosen Bildner eines seiner zeitlosen inneren Werke abzukaufen."

„Da wirst du dich vergucken. Er geizt mit ihnen, macht so hohe Preise, dass es die meisten abschreckt. Um leben zu können, repariert er Fahrräder, Rasenmäher und Schneefräsen. Und da ist noch etwas mit diesen Bildern."

„Und das wäre?"

Weil Augustin nicht antwortete, machte ich mir darüber Gedanken, warum ich keine inneren Kapellen, innere Tauben oder sonst etwas Inneres hatte, das ich sehen konnte, und darüber, warum er offenbar nicht imstand oder willens war, mir zu erklären, was es noch mit den Bildern auf sich habe. Statt dessen schenkte er nach, einen Kaiserstühler *Auggener Schäf, trocken, Jahrgang 98,* leider gebe es im hohen Schwarzwald, im dunklen Tann, keine Weinberge. Noch keine, sagte er, aber wenn der Klimawandel sich etwas beeile - „Zum Wohl!" Vor dem Misthaufen seiner Eierfrau, also der Frau, von der er seine Eier bekomme, wenn die Hühner gerade dazu aufgelegt und so glücklich seien, dass sie bereitwillig lieferten, stehe den Sommer über der Kübel mit einem Bananenbaum, und sein Nachbar schwärme von einer Kokospalme.

„Ich wüsste aber doch gern, Augustin, was noch Unerklärbares an diesen Bildern sein soll."

„Manchmal verändern sie sich."

Ich sah ihn von der Seite an. Er hatte sich einen merkwürdigen Humor zugelegt. „Wir haben lange nichts voneinander gehört. Ich weiß nur noch, dass du zu aller Verwunderung statt Germanistik oder Philosophie Theologie studiert hast. Aber offenbar ist kein Pfarrer aus dir geworden."

„Gott sei's gedankt. Nach vier Semestern hab ich umgesattelt. Die Theologie, vor allem die moderne, war, wie man so sagt, doch nicht mein Ding. Sie will mir zuviel erklären, was ich gar nicht erklärt haben will."

„Und was machst du heute?"

„Ich bin Sammler."

„Antiquitäten? Bücher? Moderne Malerei? Afrikanische Masken? Ein teures Hobby vermutlich."

„Nichts, was du in eine Schublade legen oder an eine Wand hängen könntest. Was ich sammle, das krieg ich umsonst:

Geschichten, die hier gewachsen sind. Leute kommen zu mir, hocken, wie du, in diesem urbequemen abgeschabten Sessel, sie erzählen mir was, ich erzähl ihnen was, oder auch nicht, wir schauen in die Flammen und hören zu, was die uns erzählen. Das bringt manchmal mehr als stundenlanges Gelabere. Erst vor ein paar Wochen saß ich mit einem am Kaminfeuer, wir wärmten Füße und Seelen, und er vertraute mir an, wie sehr er darunter leide, dass zwei mal zwei immer vier seien - für ihn so unerträglich phantasielos, dass er sich nachts schlaflos im Bett wälze und eine böse Zahlenallergie entwickelt habe."

„Da kann ja wohl nur noch der Psychiater helfen", sagte ich.

„Den braucht's nicht. Ich hab ihm geraten, wenn ihn das störe - wofür ich sehr wohl Verständnis hätte -, könne er sich doch einfach vorstellen, zwei mal zwei seien in Wahrheit hellgrün. Oder orangerot. Sonntags vielleicht dunkelblau. Was ihm einleuchtete. Er ging zufrieden nach Hause, konnte wieder ruhig schlafen, seine Allergie machte sich aus dem Staub und suchte sich einen anderen."

Das fand ich ziemlich abartig.

Abartig? Man könne sich trefflich streiten, sagte Augustin, was das denn sei, abartig oder, wie man auch sage, aus der Norm fallend. Normen seien nicht in Stein gemeißelt wie die zehn Gebote, sie seien wie Menschen, könnten sich ändern, und sie täten es auch.

Aber streiten wollte ich mich nicht mit ihm, schon gar nicht trefflich. Ich wusste noch, Augustin hatte immer die schlagenderen Argumente. Hier sei es ja ganz schön für ein paar Urlaubstage sagte ich leicht verstimmt, aber um ständig hier zu leben - nichts für mich, ich bräuchte doch etwas mehr Anregung und Abwechslung, mehr Gesellschaft, Jubel, Trubel ...

„Jedem das Seine, Heinrich. Das Meine sind lange Weilen, die ich liebe und genieße."

„Aber wenn so gar nichts passiert - fällt dir da nicht manchmal die Decke auf den Kopf?"

Ab und zu passiere schon mal etwas. Nichts Spektakuläres, aber alltäglich sei es nun auch wieder nicht. So habe man erst kürzlich ganz in der Nähe einen Fund gemacht. Er legte ein Scheit nach. „Gut abgelagert, das Holz ist mindestens drei Jahre alt."

„Was war's denn?"

„Buche. Mein Gärtner liefert es schon in handliche Scheite gespalten. Der ganze Schopf ist voll, der Vorrat reicht für ein paar Jahre und ein paar hundert Kaminfeuer."

Was man gefunden habe, fragte ich ungeduldig.

„Ach, nichts Besonderes. Nur einen Toten. Ganz schön teuer übrigens, das Holz. Tanne ist billiger."

„Und wo lag der arme Kerl?"

„Im Moor."

„Klingt gut. Ich meine, klingt unheimlich." Ich war etwas aufgekratzt, die Wiedersehensfreude, das Kaminfeuer, der Wein, die Atmosphäre, und fand nicht den angemessen ernsthaften Ton. Ein Toter, immerhin. Augustin schien das nicht groß zu jucken. Ein teures, gut abgelagertes handliches Buchenscheit fiel vom aufgeschichteten Holzstoß, Funken stoben.

„Weiß man, was der Mann im Moor gesucht hat?"

„Man weiß, was er gefunden hat."

„Nämlich?"

„Den Tod."

Ein Funke flog auf die Steinplatte vor dem Kamin und verglühte langsam. Er trat ihn aus. „Seine Augen waren aufgerissen, das Gesicht verzerrt vor Entsetzen. Neben der Leiche sah man ..."

„Nun?"

„Spuren."

„Schuhabdrücke?"

„Der Täter trug keine Schuhe."

„Bei der Kälte? Und auch noch im Moor?"

„Der geht immer barfuß."

Ein Zweig schlug ans Fenster. Ich fuhr zusammen, was mich ärgerte, ich bin nicht schreckhaft. „Lass mich raten", sagte ich munter. „Es waren die Spuren eines riesigen Hundes."

„Wie bist du auf den Hund gekommen?"

„Ich dachte an den naheliegenden Hund von Baskerville."

„Der liegt nicht nah, der heult durch Conan Doyles berühmte Sherlock Holmes-Geschichte. Wir sind hier ja nicht im englischen Dartmoor, Heinrich, wir sind in Südbaden, im Hochschwarzwald. Und der Fall ist rätselhafter als der dieses nur grün angestrichenen, im Dunkeln phosphoreszierenden Hundes. Nein. Es waren die Spuren ..." Ein weiteres Scheit flog ins Feuer. Das hier sei ...

„Buche", sagte ich, „gut abgehangen - vielmehr, gut gelagert, von deinem Gärtner schon in handliche Scheite gespalten und ziemlich teuer."

„Nein, Tanne. Letztes Jahr stand sie noch in meinem Garten, ich musste sie umsägen lassen, weil die Bäume hierzuland gern auf die Idee kommen, einem beim nächsten Orkan aufs Dach zu fallen. Tannenholz knackt mehr als Buche. Hörst du's?"

„Lass dir nicht die Würmer aus der Nase ziehen, Augustin! Es waren die Spuren ..."

„Wenn du's unbedingt wissen willst: Es waren die Spuren einer riesigen Katze."

Die Tannenscheite knackten eifrig. Augustin blies in die Flammen, die wieder aufloderten.

„Wie riesig?"

„Die Tanne? An die fünfzehn Meter."

„Die Katzenspuren, Mensch. Aus der Größe der Spuren kann man doch auf die des Katzenviechs schließen."

„Ganz recht, Heinrich. Demnach muss das Katzenviech wohl an die zwei Meter fünfzig, womöglich auch nur zwei Meter fünfundvierzig von der Schwanz- bis zur Schnauzspitze messen."

„Du hast uns ja schon damals gern auf den Arm genommen, Augustin. Aber wenn's dir Spaß macht ..."

„Dem Toten hat es vermutlich keinen Spaß gemacht."

„Und so ein Viech läuft hier frei rum? Aus welchem Zoo oder Zirkus ist das ausgerissen?"

„Weder noch. Du ahnst ja nicht, wer oder was hier alles frei rumläuft. Das war schon in grauer Vorzeit so."

„Sprichst du von Menschen oder von Nichtmenschen?"

„Sowohl als auch. Wir sitzen in einer Ecke des Hochschwarzwalds, die berühmt ist, wenn nicht sogar berüchtigt für die seltsamen Käuze, die sich darin mehr als anderswo tummeln: Sterngucker, Handaufleger, Wunderheiler, Rutengänger, Tischrücker, Schlafwandler, Erfinder seltsamer, meist schöner aber unnützer Dinge, Tüftler, Eigenbrödler, Mitglieder kurioser Sekten zuhauf. Melancholie ist weitverbreitet, Choleriker und Schizophrene treten sich auf die Füße, was aber niemanden groß stört. Es gibt hier ein Dorf, da gehört es zum guten Ton, sich umzubringen. Durch das Dorf fließt ein Bächlein. Rechts vom Bach - *hüb de Bach*, wie man hier sagt - gehen die Leute traditionell in den hinter dem kleinen Ort Häusern liegenden Windgfällweiher. Der war früher arg düster, jetzt hat man die Bäume umgehauen, damit er heiterer wirkt und weniger zum sich Ersäufen einlädt. Sie tun's aber trotzdem, nun vielleicht mit einem frohen Lied auf den Lippen. Links vom Bach - *drüb de Bach* - hängt man sich lieber auf. Und nicht nur sich."

„Womöglich auch Fremde? Touristen, Feriengäste, Wanderer?"

„Das nun nicht, die sind ja ganz nützlich. Letztes Jahr hat einer, er lag im Streit mit dem Nachbarn, der immer wieder ausgerechnet sonntags seine Gülle ausbrachte, einen Mord begangen. Einen Massenmord."

„Am Nachbarn? Und an dessen Familie?"

„Schlimmer. Der Mann pflegte ein liebevolles Verhältnis zu seinen Gartenzwergen. Eines Morgens schaukelten die armen Kerle, mit Gartenzwerginnen insgesamt siebenunddreißig, alle am Apfelbaum. Mit heraushängender Zunge."

Ich verschluckte mich so, dass Augustin mir auf den Rücken klopfen musste. „Ungeheuerlich! Empörend! Sodom und Gomorrha!"

„Du sagst es, Heinrich. Und in Bannholz, gleich hinter Tiefenhäusern, gibt es einen, der experimentiert mit Schweinen."

„Um sie größer, schwerer, fetter zu züchten?"

„Nein, das wär banal. Seine Schweine sind blau."

„Er streicht sie an, färbt sie ein? Hoffentlich doch mit Lebensmittelfarbe."

„So eine arme Sau dürfte dann nicht in den Regen kommen. Nein. Schweine, sagt er, haben eine sanfte, zarte, äußerst verletzliche Seele. Er sehnt sich nach Schweinen, die wunderbar blau leuchten. Von innen heraus. Er macht es wie Franz Marc, aber der hat seine expressionistischen blauen Pferde nur gemalt, mein Züchter geht viel weiter. Keiner weiß, wie er's macht, ob er ihnen was Blaues ins Futter tut oder ihnen blaue Geschichten erzählt oder sonst etwas Blaufärbendes mit ihnen anstellt. Er soll, hört man, erste Erfolge haben, sie sind schon ein bisschen blau, leuchten auch schon, aber es ist noch kein gleichmäßiges, ruhiges Blau, es flackert, geht immer wieder an und aus, wie eine Glühbirne mit Wackelkontakt."

„Aber was und wem nützt ein blaues, von innen leuchtendes Borstenvieh?"

„Die Frage nach der Nützlichkeit verbittet er sich. Er findet blaue Schweine einfach schön. Sie sind von erhabener Wertlosigkeit wie der durchbrochene Turmhelm des Freiburger Münsters, der gilt als der schönste im ganzen Land. Es regnet hinein, der Wind bläst hindurch, aber keiner käm auf die alberne Idee, zu fragen, was so ein Turm bringe. Mein Züchter ist Künster, Romantiker wie der Dichter Novalis. Dieser träumt von der blauen Blume, er vom blauen Schwein und von einer Schweineherde in allen nur vorstellbaren Blautönen: zartblaue, himmelblaue, nachtblaue, taubenblaue, vergissmeinnichtblaue, tiefblaue von innen leuchtende Schweine auf grüner Wiese."

„Mir scheint, Augustin, als sei hier der eine oder andere als Kind zu heiß gebadet worden oder aus der Wiege gefallen. Oder du verarschst mich."

„Weder noch. Die Eingeborenen haben nur ihren eigenen Charme - eine hiesige Spezialität wie Schwarzwälder Schinken oder Schwarzwälder Kirschwasser."

„Ich hätte was gegen blauen Schinken. Aber warum sind die Leute hier so?"

„Meine linke Nachbarin ist sich sicher, es liege an den Ley-Linien. Die laufen seit Urzeiten, so weiß ihr Entdecker, ein gewisser Ley, ein Engländer, kerzengerade in Luftlinie über Berg und Tal. Auf ihnen liegen bestimmte Punkte, und darauf stehen Kirchen, Kapellen, keltische Heiligtümer, alte Grabstätten und so weiter. Wessen Haus auf so einem Punkt steht, sagt die linke Nachbarin, der unterliege bestimmten mystischen Einflüssen. Die Nachbarin zur rechten hält den Mond für die Ursache, mein Briefträger macht das Magnetfeld der Erde dafür verantwortlich, unser Doktor den übermäßigen Genuss von Kirschwasser, der evangelische Pfarrer den hier früher üblichen Inzest, der katholische finstere Mächte, der Lehrer unterirdische Wasseradern, die Zeitungsfrau ..."

Ein Getrippel und Getrappel über unseren Köpfen. Die reinste wilde Jagd.

Seine Mäuse, sagte Augustin, liebten es warm. Wenn's kalt werde, kraxelten sie die Hauswand hoch auf die Bühne. Nachts seien sie besonders munter, zögen Holzschuhe an und spielten Versteckerles. Stundenlang.

„Na, wenigstens sind die klein und bringen niemanden um."

„Doch. Meinen Schlaf."

„Und was machst du dagegen?"

„Ich bring sie um. Ich stelle Fallen."

Das Getrappel verstummte.

„Sie haben's gehört", sagte ich.

„Drum sag ich's ja laut. Die haben gute Ohren, die Mäuse, und sie sind nicht blöd."

„Und deine Zeitungsfrau, was sagt die zu den Merkwürdigkeiten, von denen du gesprochen hast?"

„Es seien die Sterne. Sie liest jede Woche ihr Horoskop."

„Und? Stimmt's?"

„Das Horoskop schon, meint sie, nur sie selbst stimme wohl nicht immer."

„Und du, Augustin? Wie erklärst du dir - und mir - die kuriosen Macken der Bewohner dieser schönen Gegend?"

„Die Frage zielt ins Existentielle. Da muss ich ausholen ..."

Das Feuer prasselte, bläuliche Flämmchen leckten am Holz, manchmal brach ein Stückchen ab und fiel in die Glut ...

„*Silva nigra*", sagte Augustin, nachdem er lange gestarrt und geschwiegen und das fast heruntergebrannte Feuer, das rotglühende düstere Effekte auf sein Gesicht malte, wieder geschürt hatte.

„Silva - was?"

„*Silva nigra*, wie man im Mittelalter sagte, der tannen- und fichtenreiche Wald, den man heute Hochschwarzwald nennt, ist etwas Besonderes. Jahrhundertelang haben hier die Menschen auf einsamen sturmdurchbrausten Höhen und in tiefen Tälern gelebt, abgeschnitten vom Rest der Welt. Der Wald war unendlich groß, finster und tief. Er atmete und lebte schwarz und schweigend, ungestört und unzerstört, so weit das Auge reichte nur unzähmbare, undurchringliche Wildnis und Einsamkeit. Die meisten Waldgeschichten, die die Menschen sich erzählten, waren düster und voll Schwermut. In tiefen Schluchten hausten Riesen, Zwerge, Gnome, Hexen, Zauberer, nicht zu vergessen der große böse Wolf, der starke Ur, der wilde Eber. Ab und zu weckte die Schläfer das Gebrüll eines vielzackigen, hungrigen, feuerschnaubenden Lindwurms. Der böse Holländermichel stapfte durch den finstern Tann und erschreckte einsame Wanderer. Vor ihren Brennöfen hockten in abseits gelegenen Hütten rußgeschwärzte Köhler, die in der Einsamkeit das Sprechen fast verlernt hatten. Für manchen war der Wald ein schlummerndes Ungeheuer, das ihn verschluckte, in dem er verlorenging. Vielleicht ist er zu einem Baum geworden, zu einem moosüberwachsenen Felsen, zum Schrei eines Raubvogels, der über den Wipfeln kreiste. Oder er tauchte nach ein paar hundert Jahren wieder auf, wie der Mönch von Heisterbach. Der fromme Mann machte nur einen kurzen Waldspaziergang, der allerdings dreihundert Jahre dauerte, auf dem er über Zeit und Vergänglichkeit nachgrübelte. Zurück im Kloster wunderte er sich, dass er nichts und niemanden wiedererkannte."

Erneutes ins Feuer Starren, Schweigen. Flammengezüngel, Geprassel, Funkenstieben ...

„*Silva nigra*, der große Wald, war mehr als eine Ansammlung von Bäumen, er war ein großes Ganzes, etwas wie eine kollektive Persönlichkeit", sagte Augustin, „und obwohl sein früher unheimliches Gesicht nun freundlicher, heller ist, hat er bis heute die Menschen geprägt. Ihre Seelen sind immer noch unergründlich, ihre Gefühle stark, wie auch ihr Hang zu Verschrobenheit und Mystik, und ihre Sprache klingt rau. Viele haben sich Eigenschaften bewahrt, Fähigkeiten, von denen es heißt, dass die Menschen der Frühzeit sie besaßen, die sich herumschlagen mussten

19

mit Säbelzahntigern und Mammuts - Fähigkeiten, die der moderne Mensch verloren hat. Ich weiß von Leuten, die haben den sechsten, siebten oder sogar den zehnten Sinn."

„Mir reichen meine fünf."

„Hier gibt es, um einen reichlich abgedroschenen Satz zu zitieren, mehr zwischen Erd und Himmel, als deine Schulweisheit sich träumen lässt, Heinrich. Ich erfahre vieles, das ich, bevor ich hier Wurzeln geschlagen habe, nicht gewusst oder über das ich, wie du, gelacht habe. Und was ich so höre", sagte Augustin geradezu feierlich, „bewahre ich, wie Maria die Worte des Engels, in meinem Herzen."

„Amen!" sagte ich und wehrte mich gegen das Gefühl von Ehrfurcht, das mich überkommen wollte. Eine Zeitlang lauschten wir schweigend dem Rumoren des Windes draußen.

„Zurück zu unserem Mann im Moor. Wie kam der dorthin?"

„Zu Fuß. Anders geht's nicht."

„Und wo ist dieses Moor?"

„Eine knappe halbe Stunde von hier entfernt. Wenn du hinwillst - nachts hat das Moor ganz besondere Reize."

„Nein danke. Nicht, dass diese Mordskatze auch an mir Gefallen findet. Und ein Fehltritt im Moor ..."

„Und du bist weg. Du hast Schiss, Heinrich! Obwohl du mir, wie ich dir an der Nase ansehe, die Katze nicht abnimmst."

„Nein, die nehm ich dir nicht ab, die kannst du behalten."

„Letztes Jahr war ein Fotograf hier, der plante ein Buch mit dem Titel *Unheimliche Orte im Schwarzwald*. Mit dem bin ich nachts hineingegangen, er hat phantastische Bilder gemacht."

„Von der Katze?"

„Obwohl sie keine Lust hatte, sich zu zeigen, spürte man ihre unsichtbare Anwesenheit. Es waren Fotos von umgestürzten toten Bäumen, verkrüppelten Birken und Kiefern, Moortümpeln, in denen sich der Mond spiegelt, aus dem Schlick ragenden dürre

Äste - das alles sieht man auch, den Mond ausgenommen, am hellen Tag, aber im Dämmer oder im Dunkeln gewinnt es ein eigenes Leben. Wer, wie im Gedicht vom *Erlkönig*, in der Dunkelheit unterwegs ist - *wer reitet so spät durch Nacht und Wind* -, der sieht in Büschen, Bäumen oder in einem Nebelstreif Wesen, Gestalten, die es auf ihn abgesehen haben, vor denen ihm grauset ...

Auch andere sind ins Moor gegangen, Biologen, Wanderer, Pflanzenkenner - und wenn sie wieder heraus waren, sind sie oft ganz schnell verschwunden, als hätten sie etwas gesehen, das sie nicht hätten sehen dürfen, sehen sollen."

„Und das wäre?"

„Schau mal!"

Wir hatten die Schuhe ausgezogen und verglichen, was wir schon als Schulbuben getan hatten, unsere Zehen. Seine waren sehr lang und sehr zart. Mein rechter großer Zeh, kurz und dick, hatte sich durch den Socken gebohrt. Ich hab keine Partnerin, die imstand und willens wäre, Sockenlöcher zu stopfen. Das ist eine unzumutbare, weil die Würde der modernen Frau schwer missachtende Tätigkeit. Meine derzeitige Lebensgefährtin, wir sind 300 Kilometer voneinander getrennt, aber durch eine Wochenendbeziehung innig verbunden, denkt nicht dran, zu stopfen. Und ich denke nicht dran, es zu lernen, weil auch die männliche Würde das nicht zulässt. Ich schmeiß sie weg und kauf neue Socken.

Nach beendetem Zehenvergleich wandte sich das Gespräch wieder dem Moor zu. „Und dieser Tote, wer ist er?"

„Der ist nicht mehr. Der war. Ein Verleger. Er hatte sich spezialisiert auf Bücher mit Katzengeschichten."

„Also Geschichten von Katzen?"

„Katzen schreiben keine Geschichten, sie machen gelegentlich nur welche. Es handelt sich um Geschichten, die nicht von Katzen geschrieben werden, da Katzen nun mal lieber Mäuse fangen als Geschichten - eine Ausnahme sind die *Lebenserinnerungen des Katers Murr* von E. T. A. Hoffmann. Es sind Geschichten, in denen Katzen herumschleichen -klettern, -toben -und schnurren. Manchmal springen sie aus ihren Geschichten heraus, sie treiben ihr Wesen oder Unwesen, wo es ihnen gefällt. Er wollte jemand treffen, dessen Bücher in seinem Verlag erscheinen."

„So jemand gibt's in diesem - entschuldige - Kaff?"

„Dieses Kaff ist nicht ohne, mein Freund."

„Und neben dieser Verlegerleiche fand man also die Spuren einer Katze. Was für ein Zufall."

„Nicht irgendeiner. Einer riesigen Katze. Einer XXL-Katze."

Mir wurde etwas mulmig. Wenn er ernst meinte, was er mir da auftischte, war das ein Grund, sich Sorgen um ihn zu machen. Nähme ich es ernst, müsste ich mir Sorgen um mich machen.

Augustin stocherte mit dem eisernen Schürhaken im Feuer. Dann hängte er ihn an den Kaminbalken. Der Haken schwang bedächtig hin und her wie das Pendel einer Uhr.

„Schätz mal, wie lange der schwingt."

„Was weiß ich? Zwanzigmal?"

„Weit gefehlt."

„Fünfzigmal?"

„Mitnichten."

„Soll er pendeln, so oft er will. Ich kombiniere also, Holmes: Da sind diese Katzenspuren in der Nähe des Toten. Und da ist jemand, der Katzengeschichten schreibt, mit dem der unglückselige Verleger ein Rendez-vous hatte. Man könnte auf einen Zusammenhang schließen."

„Du sagst es, mein lieber Watson. Ja, jetzt fällt's mir auch auf."

„Wer ist dieser Jemand? Wenn er hier lebt, kennst du ihn ja wohl."

„Es ist kein Jemand. Es ist eine Jemandin."

„Aha. Diese Jemandin würde ich gern kennenlernen."

„Sie weilt nicht mehr unter uns."

„Hat man sie auch im Moor - eine unglückliche Liebesgeschichte?"

„Liebesgeschichte kann man das nicht nennen. Im Gegenteil. Die beiden waren sich alles andere als grün. Sie ist quicklebendig und weilt nur zur Zeit nicht unter uns."

„Darf ich fragen, wo sie weilt?"

„Fragen darfst du."

„Also?"

„Nicht auf jede Frage kriegt man eine Antwort, Heinrich."

Keine Antwort ist auch eine, dachte ich. Vielleicht fiel ihm keine ein, und er hatte keine Lust, sich eine auszudenken.

„Du hast mir das Aussehen des Verblichenen geschildert, wie wenn du dabeigewesen wärst, Augustin."

„Ich hab meine Quellen. Die Bäume rauschen es mir zu, der Wind, das himmlische Kind weht's herbei, die Hunde bellen, die Vögel zwitschern es mir ins Ohr. Der Haken hier pendelt es mir zu."

„Ich hör nichts."

„Man muss den Sinn dafür haben. Und das Ohr."

„Und du hast Ohr und Sinn?"

„Sinn und Ohr. Ja."

„Offenbar gilt das nicht für mich."

„Was nicht ist, kann ja noch werden."

„Wie meinst du das, Augustin?"

„Vielleicht gehen auch dir noch Augen und Ohren auf, Heinrich."

Wir sahen eine Zeitlang den Flammen zu. Hörten das Knistern glühender Tannen-, Fichten-, Buchen- und sonstiger Scheite ...

Jetzt reicht's mein Lieber, dachte ich, genug der mystischen Andeutungen! „Die Sache steht wohl nicht in der Zeitung."

„Sowohl der *Albbote* als auch der *Südkurier* und die *Badische Zeitung* haben sie totgeschwiegen. Vielleicht der Touristen wegen, damit die nicht wieder abreisen oder nicht im Moor herumtrampeln und womöglich Spuren verwischen."

„Schade! Wir haben uns verplaudert. Eigentlich sollte ich schon unterwegs sein, ich will noch bis Karlsruhe. Wo es doch gerade so gemütlich ist, meine Füße angenehm warm sind und deine Kamingeschichten nicht ohne Unterhaltungswert. Ich muss los. Es ist schon spät und ..."

„*Es ist schon spät, es ist schon kalt, wer reitet einsam durch den Wald ...*" Augustins Stimme hatte ein leichtes Tremolo. Der Haken auch, der kam nicht zur Ruhe.

„Mein BMW hat mehr PS als ein Gaul", sagte ich.

„Ich rede von der Lorelei."

„Die Dame hockt auf ihrem Felsen, guckt auf den Rhein hinunter und kämmt ihr goldenes Haar."

„In Eichendorffs Gedicht reitet sie durch den Wald und verwirrt dort einem Ritter, der auf dem Heimweg ist, so sehr den Sinn, dass er nimmermehr aus dem Moor kommt."

„Moor?"

„Wald. *Kommst nimmermehr aus diesem Wald.*"

„Ich?"

„Der Ritter. Singt sie."

„Wie dieser arme Kerl, der ..."

„Ja. Der kam nimmermehr aus diesem Moor. Den hat man herausgetragen, mit den Beinen voran. Da trappeln sie wieder. Hörst du's? Wenn du willst, kannst du hier schlafen. Erhol dich von deiner Heilfasterei und vom rauschebärtigen Pater Anselm Grün. Genieß die Landluft, die Stille, die idyllische lange Weile. Außerdem hast du eine halbe Flasche dieses köstlichen Weins intus, das reicht, um jede Lorelei doppelt zu sehen."

Ich schwenkte um. Dachte an den tiefen Eichendorffschen Wald, aus dem kein Herauskommen war, daran, dass mich zu Hause nur eine kalte Wohnung und ein leerer Kühlschrank erwarteten. „Wenn's keine Müh' macht ..."

„Ich hab ein Gästezimmer, eine Gästezahnbürste und ein Gästeklo." Er verfolgte mit den Augen den Schürhaken. „Jetzt hat er vierzigmal gependelt. Du kennst doch die Pendelgesetze? Die Länge einer Aufhängung bestimmt die Schwingungsdauer des daran hängenden Gewichts. Längere Pendel schwingen langsamer, kürzere entsprechend schneller. Verlängert man ein Pendel um das Vierfache, so schwingt es nur halb so schnell. Kapiert?"

„Physik war nicht gerade mein Lieblingsfach."

„Also nochmal, etwas plastischer. Don Quijote, lang und dünn, hängt sich auf. Einer stößt die Leiche an. Die pendelt hin und her.

Sancho Panza, klein und dick, hängt sich ebenfalls auf, auch er pendelt. Wer pendelt wie?"

„Don Quijote langsamer, Sancho Pansa schneller. Richtig?"

„Du bist so gescheit wie mein Schürhaken. Dann überziehen wir mal dein Bett. Schläfst du lieber in Rot, Grün, Gelb oder ..."

Aus Sympathie mit den in blauer Schönheit leuchtenden Schweinen entschied ich mich für Blau. Und - es war schon spät, es war schon kalt - für die Wärmflasche, die er mir anbot, und deren Überzug eine nette kleine schwarze Katze zierte.

∗

Das Bett war weich, die Wärmflasche angenehm, die Stille so tief, dass ich nicht einschlafen konnte. Ich dachte an unser Kamingespräch, an die schrulligen Typen, von denen mein Freund erzählt hatte, an das Moor, und was sich angeblich Schauerliches darin abgespielt hatte. Mordlüsterne Riesenkatzen! Unser Augustin, pflegte Dr. Hasenfratz, der Deutschlehrer, halb bewundernd und halb kritisch zu sagen, hat eine nicht zu zähmende, ausufernde Phantasie ...

Leute mit ausufernder Phantasie haben oft ein ihnen selbst unbewusstes Problem mit der Realität und sind nicht ungefährlich. Lebte Augustin in einer Phantasiewelt? Hatte er noch alle Tassen im Schrank? Oder machte er sich einfach einen Jux mit mir? Im Dunkeln, sagte er, nehme man gern Dinge wahr, die man tagsüber nicht sehe. Was er und dieser Fotograf im nächtlichen Moor erlebten, hat er verschwiegen. Warum? Weil es gar nichts zu erleben gegeben hat, sagte ich mir. Gut Nacht, Heinrich! Ich ruckelte mich zurecht, schob die Wärmflasche ins Kreuz, machte die Augen zu und begab mich ins hoffentlich riesenkatzenfreie Land der Träume.

∗

In der Nacht musste ich raus. Das Haus ist groß, das reinste Labyrinth, das Gästezimmer liegt im Untergeschoss. Ein langer Gang, von dem mehrere Zimmer abgehen, ebenso viele Türen, das Deckenlicht im Gang flackerte, ich dachte an die ebenfalls flackernden blauen Schweine ... Wo war das Klo? Ich öffnete eine Tür. Der Keller, Regale voller Pilzgläser und Trockenpilze, jede Menge Marmeladegläser, eine Kartoffelkiste, Weinflaschen. Eine zweite: der Heizungsraum. Die Heizung brummte, es roch nach Öl. Die dritte: eine Rumpelkammer. Endlich das Klo. Ich tastete mich zurück, stand vor einer weiteren Tür, dachte an Herzog Blaubarts verbotenes Zimmer, in dem sich die Leichen hinge-metzelter Frauen stapeln, sah, an die Pendelgesetze denkend, Don Quijote neben Sancho Pansa, beide mit heraushängender blauer

Zunge gemütlich hin- und herschwingen. Ich zögerte. Nein, ich will gar nicht wis-sen, was da drin ist. Geht mich nichts an.

Ich drückte die Tür auf, tastete nach dem Lichtschal-ter. Keine blutigen oder pen-delnden Leichen, nur ein Schreibtisch, darauf ein Com-puter, an der Wand ein Bild, die Fotografie einer Frau. Nicht mehr ganz jung, noch nicht ganz alt, aber durchaus ansehnlich und, wie man sagt, in den besten Jahren.

Daneben Regale mit Büchern, eine Couch, viele Kissen, und überall - Katzen. Katzen in allen Größen, Formen, Farben und Materialien. Plüschkatzen, Fellkatzen, gläserne Katzen, gestrickte, geschnitzte, getöpferte Katzen. Katzen auf Kissen, Katzen als Kissen, als Bettvorleger, als Vase, Katzenvase, ein Windspiel mit Katzen, eine Kerzenkatze, im Schwanz der Docht. Die Wände voller Katzenbilder. Es katzelte ohn End. Mehr komisch als unheimlich. Aber dann fiel mein Blick auf eine Katze anderen Kalibers: schwarz, riesig, mehr als panthergroß, scharfbekrallt. Sie fläzte sich auf der Couch, ihre Augen glühten, sie zog die Lefzen hoch, zeigte spitze Reißzähne - was ich mir natürlich nur einbildete, denn eine anständige Stoffkatze, egal ob groß oder klein, tut sowas nicht. Aber so sieht kein Schmusetier aus, im Bett hätt ich die nicht gern.

Als ich die Tür schließen wollte, sah ich, dass auf der Innenseite mit Kreide etwas gekritzelt war: *Der Aberglauben ist die Poesie des Lebens. Darum schadet's dem Dichter nicht, abergläubisch zu sein.*

Was für ein hanebüchener Unsinn! Ich schloss die Tür und schlich, mich dabei immer wieder umsehend, als sei das Viech mir auf den Fersen, in mein Zimmer, kroch ins Bett und schämte mich meiner Neugier. Man stöbert nicht in fremden Zimmern, Heinrich, erst recht nicht bei Freunden.

Dann hörte ich Glocken, leise, wie von weit weg, aber beruhigend. Ich mag Glocken, sie haben für mich etwas von Kindheit an Vertrautes. Auch wenn ich der Kirche heute fernstehe, stör ich mich nicht an ihrem Klang. Sie lullten mich ein. Glocken sind besser als Schäfchenzählen ....

Schäfchen. Ich bin auf einer Wiese. Da ist ein Feldweg. Ich renne. Renne, was ich kann, ich stolpere, dreh mich um, sehe, was da hinter mir her ist, mein Herz rast, ich werde langsamer, ich kann nicht mehr, es ist mir auf den Fersen, rückt näher, immer näher, ich stürze, es kommt über mich, dunkel um mich, Schwärze, Stille, Todesstille ...

Am zweiten Tag

Fröhliche Bachkantate. Mit der Droste im Moor. Wilde Liebe. Eine nymphomane Nymphe. Augustins Katzenfrau. Attilafels und Hunnentrunk. Ein Sittenskandal. Jedem Ort sein Mord. Die weißen Engel von Strittmatt. Der Nöck von Nöggenschwiel. Die Strohkatz. Ein höflicher Rabe. Es blitzt. Die Rache der Bäume. Schrei in der Nacht. Böser Traum

"Wer weiß, wie nahe mir mein Ende..."
Ich schreckte auf, fuhr in die Kleider, rannte die Treppe hinauf ins Wohnzimmer, wo Augustin vor einem CD-Spieler auf dem Boden kniete und auf verschiedene Tasten drückte.

„Bist du immer so früh dran?"

„Wenn eine kommt, ja. Ich muss sie alle aufnehmen."

„Wen oder was musst du ...?"

„Alle Bachkantaten."

„Bist du wieder fromm geworden? Du hast doch die Theologie an den Nagel gehängt."

„Ich nehm sie auf, weil ich ihnen verfallen bin."

„Aber es sind doch so grauslige Texte. Handeln von Sünd und Schand, von Jammer und Graus, vom Sterben und vom Tod und ähnlich Unerfreulichem."

„Ich meine nicht die Worte, sondern die Musik."

„Welche Kantate ist am schönsten?"

„Jede."

„Bachkantaten gibt's aber, soviel ich weiß, eine ganze Menge."

„Es gibt oder gab über dreihundert, erhalten sind zweihundert. Viele sind verschollen, vom Winde verweht, verbrannt, verscherbelt, verlorengegangen. Hab oft davon geträumt, eine zu finden."

„Ich nehme nicht an, dass dein Traum in Erfüllung gegangen ist."

„Ja und nein."

„Das musst du mir erklären."

„Später. Vielleicht. Vielleicht auch nicht."

„*Hin geht die Zeit, her kommt der Tod*", sang der Tenor.

„Gut geschlafen, Heinrich?" fragte Augustin.

„Gut? Jemand - oder etwas - war hinter mir her. Hab mir die Seele aus dem Leib gerannt, aber es rückte immer näher. Vielleicht" - ich lachte - „war's deine Moorkatz."

„*Wer weiß, ob heute nicht*
mein Mund die letzten Worte spricht...", warnte der Tenor.

„Dann kam's über mich. Und dann war's dunkel. Bin gerade noch rechtzeitig aufgewacht an diesem aufmunternden Gesang ..."

„*Wer weiß, wie nahe mir mein Ende ...*" Der Tenor hatte eine masochistische Ader, er wiederholte endlos, wie nahe sein Ende sei.

„Was für ein freundlicher Guten Morgen-Gruß."

„*Fröhlich will ich folgen wenn er ruft*
in die Gruft ..." sang nun auch der Alt fröhlich und unverdrossen.

„Friedliche Glocken haben mich in den Schlaf geläutet. Wo steht die Kirche?"

„Es gibt hier eine, aber die Glocken läuten nur sonntags. Setz dich." Er hatte den Tisch gedeckt, Teller und Tassen kamen mir vertraut vor, das Gelb und Grün der Farben, das Muster ...

„*Hahn und Henne*", sagte ich gerührt, „ein altes Schwarzwäldergeschirr. Meine Großmutter in Zell am Harmersbach im Harmersbachtal hatte es auch. Bei ihr hab ich meinen Kakao immer aus der gleichen Tasse mit Gockelhahn und angebissenem Rand getrunken. Jede andere hätte ich empört verweigert. Aber die Glocken - ich hab sie doch gehört, vor dem Einschlafen, ich war noch hellwach. Es war kein Traum."

„Du hast die Glocken einer Kirche gehört, die es längst nicht mehr gibt. Denk an Vineta, das auf dem Grund des Meeres liegt. Auch da bimmeln an manchen Tagen die versunkenen Glocken."

„Das hören nur Sonntagskinder, und ich bin ein Mittwochskind. Außerdem ist das nur eine Sage. Wo stand diese Kirche denn?"

„Im Moor." Er stellte ein Glas auf den Tisch. „Himbeermarmelade, selbst gemacht. Sagen haben oft einen wahren Klöppel."

„Klöppel?"

„Einen wahren Kern. *Uns ist in alten maeren wunders vil geseit* ... so beginnt das Nibelungenlied. Die Chronik von Tiefenhäusern könnte auch so anfangen. Auch sie weiß von alten Mären und Wundern zu singen und zu sagen. Kaffee oder Tee?"

„Kaffee, bitte."

„*Ei, was schmeckt der Coffee süße*", sang eine helle klare Stimme,
„lieblicher als tausend Küsse,
milder als Muskatenwein.
Coffee, coffee muß ich haben.
Und wenn jemand mich will laben,
Ach, so schenkt mir Coffee ein!"

Er schenkte mir ein. „Das ist das Liesgen, sie singt die Kaffeekantate. Probier mal den Tannenhonig, so einen Honig kriegst du kaum mehr. Es liegt an den Läusen."

„Du meinst Bienen."

„An den Spitzen der Tannennadeln hängt ein klebriger Stoff, der ,Honigtau'. Die Läuse machen sich über ihn her, saugen ihn auf und scheiden eine süße Flüssigkeit aus, über die dann die Bienen sich hermachen. Endprodukt ist dieser im wahrsten Sinn des Wortes lausige Honig. Wie wär's nachher mit einem Morgenspaziergang?"

„Gute Idee. Bei Pater Grün, dem Guten, hab ich mir den Hintern breitgesessen. Dann zwei Stunden im Auto - und gestern Abend am Kamin - wohin spazieren wir?"

„Ins Moor. Wenn du dich traust, Heinrich."

„Nur unter deinem Schutz und Schirm, Augustin."

Er ging zum Bücherschrank, griff sich ein Buch, blätterte darin und drückte es mir in die Hand. „Lies! Das Ding, das dich heut nacht verfolgt hat, war keine Moorkatz."

„*Es war ein Kind*", las ich, „*das wollte nie*
zur Kirche sich bequemen ..."

Ich las das ganze Gedicht. Ich kannte es. Das Kind schwänzt den Gottesdienst, läuft vergnügt durch Feld und Wald, und plötzlich merkt es, dass es verfolgt wird. Eine riesige Glocke wackelt hinter ihm her, in panischer Furcht rennt es davon und rennt und rennt, die Glocke auch, die kommt immer näher, gleich wird sie sich über das Kind stülpen ... Goethe. *Die wandelnde Glocke.*

„Aber wie kommt die in meinen Traum?"

„Du hast von Glocken erzählt, die du vor dem Einschlafen gehört hast. Oder gehört haben willst. Die Glocke versinkt in deinem Unterbewusstsein, im Traum taucht sie wieder auf und verbindet sich mit der Erinnerung an das Gedicht. Das reicht für einen soliden Albtraum."

„Wohl dem", sagte ich, „der immer ein Gedicht parat hat."

„Ja, wohl dem."

*

Wir gingen auf einem kleinen Weg parallel zur Bundesstraße in Richtung Höchenschwand. Dort vorne sei der Bauernmarkt, sagte Augustin, wir sahen drei Busse, fünf Klohäuschen, davor lange Schlangen. Scharen von Menschen spazierten zu einer abgemähten Wiese, auf der riesige Figuren standen.

„Hier gibt's alle paar Jahre einen Strohfigurenwettbewerb - das kulturelle Hauptereignis der Region. Sämtliche Vereine sind dabei. Die schauen wir uns heut Abend an."

„Heut Abend bin ich längst weg."

„Nein", sagte Augustin ruhig, „du bist nicht weg. Wir müssen auf die andere Seite."

Der Verkehr brauste an uns vorüber. Während wir warteten, erfuhr ich einiges über die Gegend. Höchenschwand, zu dem Tiefenhäusern gehöre, liege tausend Meter überm Meer, gelte als das sonnigste Dorf der Republik, doch regne es, was jeder hier wisse, genau so oft wie anderswo. Es gebe - „dort hinten steht der Kerl" - einen modernen Betonturm von nur mäßiger Schönheit, den *Tannenzäpfleturm,* der weder mit Tannen noch mit Tannenzäpfle etwas zu tun habe und den man der Rothausbrauerei verdanke. Daneben das von den Einheimischen eher gemiedene Sportzentrum mit dem Namen *Teamwelt.* Man gebe sich hier gern international. Wobei man sich fragen könne, was dieser zutiefst nichtssagende Name bedeuten solle. „Ist die Welt ein Team? Oder ist das Team die Welt? Und was haben Welt und Team mit dem Schwarzwald zu tun, den man hier am liebsten den *Black Forest* nennt? An Weihnachten suchen sie in Seebrugg schon mal den schönsten *Chrismas tree,* und ab November verkünden Plakate der englischsprechenden Welt, von der man aber vergeblich hofft, sie gebe sich hier ein Stelldichein, *Chrismas market* sei *opened.* Das Strandbad am Schluchsee heißt *Aqua fun,* das Hotel gegenüber *Sunrise.* Die Parkplätze hingegen tragen Namen wie *Tschuudereckli, Teufelsschwänzli* und *Luginsland.* Man will's allen recht machen, den Weltläufigen und den Bodenständigen. Und wer's allen recht machen will, liegt immer falsch. Los, schnell hinüber!"

Wir rannten über die Straße zu einem kleinen Parkplatz. Ein schmaler Trampelpfad führte durch den Wald, und Augustin erklärte mir das Moor.

Es heiße nach dem kleinen Ort, in dem er lebe, das Tiefenhäuser Moor. „Unser Moor ist klein, aber fein und oho, ist eher ein Mörchen und nicht so berühmt wie Schwarzwälder Schinken oder Schwarzwälder Kirsch. Die Einheimischen, die Höchenschwander, Bannholzer, Bierbronner, Oberweschnegger, Unterweschnegger, Frohnschwander, Heppenschwander, Attlisberger, Amrigschwander, Strittberger, und vor allem die Tiefenhäuserner selbst wollen gar nicht, dass man drin herumstolpert, herumdöbert, die Ruhe des Moores und der Moorbewohner stört. Es ist ihr Moor und soll's auch bleiben. Erkundigt sich ein Wandersmann, respektive eine Wandersfrau, oder ein Fotograf, der auch eine Fotografin sein darf, ‚wo geht's bitte zum Moor?' kriegt er - sie - die Antwort: ‚Moor? Gibt's hier nicht. Wandern Sie auf den Feldberg, zertrampeln Sie dort die unter Naturschutz stehenden Pflanzen, klettern Sie in der romatischen Wutachschlucht herum, und brechen Sie sich dort die Haxen. Gucken Sie sich den Dom in St. Blasien an, gehen oder fahren Sie hinauf nach Strittmatt, genießen Sie den tollen Blick bis zu den Alpen, freuen Sie sich an den zwei malerischen Schweizer Kernkraftwerkwolken, gehen Sie, wohin Sie wollen, aber glauben Sie bloß nicht, es gäb hier ein Moor. Hier wurde nie eins gesehen.' Die Autos lassen das Moor rechts oder links liegen, je nachdem, ob sie von Waldshut her kommen oder von Freiburg, nicht ahnend, dass sie, wie wir gerade, nur ein paar hundert Schritte durch ein Wäldchen laufen müssten, dann wären sie schon drin. Viele halten trotzdem am kleinen Parkplatz, nicht moor-, sondern schnapshalber, weil dort oft der Bauer Indlekofer aus Birkingen steht mit seinen wirklich großartigen Kirsch- Birnen- und Zwetschgenwässern, Kartoffeln, Äpfeln, Birnen, Marmeladen. Und hast du die drei Schweizer Autos gesehen? Dieses pilzgierige Volk plündert meine Wälder geradezu schamlos. Wenn das so weitergeht ...“

„findet man demnächst den einen oder anderen Eidgenossen tot im Moor“, ergänzte ich.

Augustin nickte ernst. Der weiche, moosige, von Tannenwurzeln, über die ich ständig stolperte durchzogene Waldweg führte uns zu einem maroden Schild, das uns etwas unwillig, wie mir

schien, mitteilte, jetzt komme das Moor. Ein schmaler Holzboh-
lensteg, ein sogenannter Knüppeldamm, geleitete uns zwischen
Birken und verkrüppelten Kiefern hinein. Dort hörte ich mir
Augustins dritte Lektion an.

Im Moor, erfuhr ich, ist alles verboten, weil unter Schutz. Die wie mit Reif überzogenen zarten rosa Moosbeeren, die tiefblauen dicken Heidelbeeren bleiben ungepflückt, ebenso das anmutige Wollgras. Weder das scheidige noch das schmalblättrige noch das breitblättrige noch das alpine Wollgras darf gerupft werden (es gibt noch ein russisches Wollgras, das aber gedeiht nur in Sibirien. Wenn es aber auch hier gedeihen würde, dürfte man es natürlich genau so wenig rupfen). Und Finger weg vom zartlila Türkenbund, vom Waldgeißbart, vom goldenen Frauenhaar und der dunkelgelben Arnika, erst recht vom Sonnentau. Auch wäre es zutiefst ungehörig, Moorvögel und Moorfrösche durch albernes Nachäffen zu ärgern, sonst werden die neurotisch, Moorschmetterlinge und blaugeflügelte Libellen zu fangen und aufzuspießen, Coladosen, Gutselpapier und Zigarettenschachteln zu entsorgen, auch sei das Moor ein Moor und kein Klo. „Man muss Zeit mitbringen fürs Moor", sagte Augustin. „Muss eine Weile verharren, damit des Ortes ganz besondere dichte Ruhe spürbar wird."

„Des Ortes ganz besonders dichte ... wie poetisch das klingt!"

„Ja, nicht wahr? So steht's in dem Buch *Unheimliche Orte im Schwarzwald*, das ich erwähnt hab."

Nachdem wir eine Zeitlang der besonders dichten, besonders poetischer Ruhe nachgespürt hatten ...

„Bei dem abgestorbenen Baum, direkt neben dem Steg ist ein kleiner, von Heidekraut umwachsener Platz", sagte Augustin. „Da hat er gelegen. Katzenpfötchen gibt's auch."

„Katzenpfötchen? Es waren die Pfoten einer riesigen Katze!"

„So heißt eine Moorpflanze, sie gehört zu den Korbblütlern, lat. *Antennaria*, und kommt in zwei Arten vor, als das gewöhnliche und das zweihäusige Katzenpfötchen. Die Blütenpfötchen sitzen auf einem bis zu fünf Meter hohen Stengel."

„Ich frag mich - wie kommt so ein Viech - wir sind hier ja nicht im Urwald oder in der Steppe ..."

„Der Schwarzwald hat immer noch seine wilden kleinen Geheimnisse."

„Eine Riesenkatze - zwei Meter fünfzig von der Schnauz- bis zur Schwanzspitze - würde ich nicht klein nennen."

„Vielleicht waren es auch nur zwei Meter vierzig. Im Wolfsgrund am Schluchsee hat man Wolfsspuren gesichtet, im Bannholzer Wald brummen schon Braunbären - beachte die Alliteration! -, und in Urberg, zehn Kilometer südlich vom Schluchsee, scharrt der Ur, der Auerochs, ungeduldig mit den Hufen. In Wittenschwand hat erst neulich ein Förster ein Nest gefunden mit Eiern, so groß, dass aus ihnen nur die Jungen des sagenhaften Vogels Rock schlüpfen können, Flügelspannweite mehr als fünf Meter, der demnächst wohl wieder wie vorzeiten über den Tannenwipfeln kreisen wird, in den Klauen ein Schaf ..."

Augustin legte die Hände trichterartig an den Mund und stieß einen wilden Brüll aus. „Die Bestien kommen zurück."

„Sicher ungemein tourismusfördernd", sagte ich und sah mich um. Ein leichter Nebel lag auf dem Moor, stieg aber nicht auf, er schwebte über den kleinen Tümpeln, die wie stark umwimperte Augen aus dem niedrigen Bewuchs schauten.

„Das Moor verändert sich", sagte Augustin, „es wächst langsam zu. Die so malerischen Tümpel werden verschwinden, dann gibt's nur noch die Rinnsale, Bäume und Sträucher werden in den Himmel wachsen, immer mehr Stämme umstürzen und verfaulen. Es wird anders aussehen, aber sicher nicht weniger reizvoll."

„Du und dieser Fotograf, mit dem du dich nachts hier herumgetrieben hast - was habt ihr außer abgebrochenen Ästen und vor sich hinmodernden Bäumen noch gesehen?"

„Es war Vollmond, also nicht ganz dunkel, über dem Moor ist Nebel aufgestiegen, wie jetzt, der hat sich verdichtet, hüllte alles ein. Strengt man sich an, schärft man seine Aufmerksamkeit, sieht man oft nichts. Aber wenn man die Augen entspannt, ohne etwas zu fixieren, und seitlich aus den Augenwinkeln schaut, kann man etwas wahrnehmen."

„Und was habt ihr wahrgenommen?"

„Eine Bewegung. Wir glaubten beide, etwas zu sehen, etwas Schattenhaftes, das keiner menschlichen Gestalt glich, auch keiner tierischen. Dieses Ding, was immer es gewesen sein mochte, ist hin- und hergehuscht, kroch am Boden entlang auf uns zu, richtete sich auf, hockte plötzlich auf den Bäumen, war dann wieder verschwunden, um gleich darauf woanders aufzutauchen. Wie sahen vage, unbestimmte, ständig ineinander verfließende Formen, keine deutlichen, klar umrissenen - eindeutige Formen sind viel weniger unheimlich."

„Und das ist auf dem Foto drauf?"
„Nein."
„Aber gesehen habt ihr's?"
„Ja."

„Ich seh nie so was. Warum sieht man solche Dinge, Augustin?"
Er zuckte mit den Schultern. „Woher sie kommen - wir werden es wohl nie wissen. Vielleicht entsteigen sie unserem Inneren und nehmen in der Realität, oder was wir dafür halten, Gestalt an. Vielleicht kommen sie auch aus einer anderen Realität, die wir nicht kennen oder nicht kennen wollen und dringen ein in die uns vertraute Welt. Sie spielen nicht nach unseren Regeln."
„Ich glaub weder das eine noch das andere", sagte ich. „Es war eine optische Täuschung. Eine was weiß ich."

„Was immer wir gesehen haben, oder zu sehen glaubten, Heinrich, es wollte nicht festgehalten werden. Solche Erscheinungen sind ausgesprochen spröde, geradezu unkooperativ, sie haben nicht die geringste Lust, sich dokumentieren zu lassen. Jeder, der das versucht, macht diese Erfahrung. Es gibt keine Geister- und Spukfotos. Und wenn es sie gäbe, wären sie eine Fälschung."

Ich sah mich um, und unwillkürlich schauderte ich. „Da fällt mit gerade was ein ..."

„Mir auch. Da wir den gleichen Deutschunterricht genossen haben, fällt uns ein, was einmal der Droste eingefallen ist:

> *O schaurig ist's, übers Moor zu gehn,*
> *wenn es wimmelt vom Heiderauche ..."*

Dann sagten wir es zusammen, nicht ohne eine gewisse Feierlichkeit:

> *„Sieh, wie Phantome die Dünste drehn*
> *und die Ranke häkelt am Strauche.*
> *Unter jedem Tritte ein Quellchen springt,*
> *Wenn aus der Spalte es zischt und singt,*
> *O schaurig ist's, übers Moor zu gehn,*
> *Wenn das Röhricht knistert im Hauche!"*

Kaum ein Mensch, sagte Augustin, kenne noch die Ballade, weil Balladen heute ein kümmerliches Dasein fristeten. Man habe sie aus den Lehrplänen mehr oder weniger hinausgeworfen. Die Lehrplanmacher seien davon ausgegangen, dass ein Schüler, der mehr als zwei Gedichte kenne, später einmal wenig beitragen werde zum Wirtschaftswachstum des Landes. Weshalb Gedichte schon seit Jahren ungeliebt, ungeachtet, unbeachtet und ungelernt still vor sich hinblühten, schön und selig in sich selbst. Wie Sonnentau, Alpenwollgras, Arnika und goldenes Frauenhaar hier im kleinen feinen Tiefenhäuser Moor.

„Hier ist es also geschehen, das Teuflische, das Grausige, das Schreckliche", sagte ich munter.

„So was hat gute Tradition. Vor einigen Jahren geriet ein gewissenloser Wanderer, der sich am goldenen Frauenhaar vergriffen hatte, in die Fänge einer riesigen *Drosera filiformis* und ward nicht mehr gesehen."

„Einer Drosera? Was ist das nun für ein Viech?"

„Eine Pflanze, sie gehört zur Familie der fadenförmigen fleischfressenden Sonnentaue, davon gibt es an manchen Stellen besonders prächtige und besonders hungrige Exemplare."

„Sag's mir, wenn ich aus Versehen auf eine trete."

„Willst du mehr Grausiges, Schreckliches, Teuflisches hören?"

„Ich bitte darum!"

„Im dreizehnten Jahrhundert stand hier ein Nonnenkloster auf damals festem sicheren Grund. Das Moor - war es viel größer als heute - umgab es wie der Wassergraben eine Burg. Vielleicht damit keiner heraus oder hinein konnte. Nicht weit weg in dem Weiler Bierbronnen gab es ein zweites Kloster."

„Bierbronnen - was für ein süffiger Name!"

„Einer der Mönche, er hatte genug vom gesunden Brunnenwasser, flehte die Gottesmutter an, doch für Abhilfe zu sorgen. Die heilige Jungfrau zeigte volles Verständnis. Schon am nächsten Morgen floss ein ausgezeichnetes Bier aus dem Klosterbrunnen. Das Kloster gibt's nicht mehr, den Brunnen immer noch. Das Bier fließt und fließt, was die kleine Waldhausbrauerei, sie gilt als die beste der Welt, herzlich freut."

„Wir haben also ein Frauen- und ein Männerkloster. Augustin, mir schwant was."

„Dir schwant Richtiges, Heinrich. Das Frauenkloster unterstand einer Äbtissin, sie soll eine Schönheit gewesen sein, das andere einem Abt, die wenig vom Keuschheitsgelübde hielten - nicht unüblich zu jener Zeit. Kennst du *Die Nonne* von Diderot? Da geht's wahrhaft orgiastisch zu. Du würdest rot werden - hoff ich wenigstens."

Diderot, merkte ich mir, die Nonne. Orgien. Zum Rotwerden. Unbedingt lesen.

„Beide waren nicht nur sinnliche, sondern auch künstlerische Naturen. Sie hat ihm, so die Überlieferung, feurige Liebesgedichte gewidmet, von einem hat sich Walther von der Vogelweide so

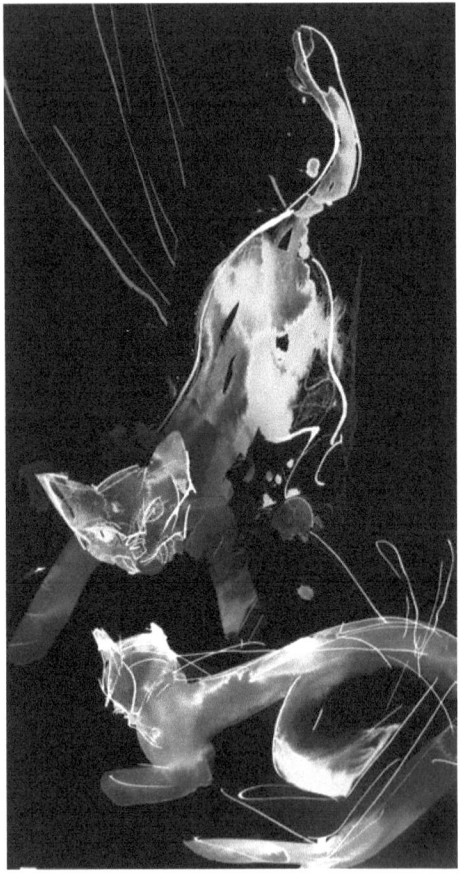

sehr inspirieren lassen, dass man geradezu von einem Plagiat sprechen kann. Es ist das Tandaradei-Gedicht: *under der linden / an der heide / da unser zweier bette was / da muget ir vinden / schone beide / gebrochen bluomen unde gras ...* Der Abt hat ihre Verse in Töne gesetzt hat. Und wenn die beiden in den Zustand der Rolligkeit gerieten ..."

„Rolligkeit? So nennt man es doch, wenn Katzen ..."

„Die Äbtissin, der schwarzen Magie mächtig, wurde zu einer schwarzen Katze, er zu einem prächtigen roten Kater, der auf großen Trittsteinen durchs Moor ins Nonnenkloster schlich und sich mit der schwarzen Katz vergnügte.

Die brünstigen Lieder, die er ihr vorgejault und vorgefaucht hat, gingen allen, die es hörten, durch Mark und Bein. Das Verhältnis hatte Folgen. Die Katze warf ein Kätzchen nach dem andern - eins rot, eins schwarz, eins schwarz, eins rot -, die von den Nonnen im Moor entsorgt wurden. Was dem lieben Gott so wenig gefiel, dass er, wie es so seine nicht liebe Art ist, kurzen Prozess machte und in einer besonders tiefen Nacht das Kloster mit Mordsgedöns im Moor versinken ließ."

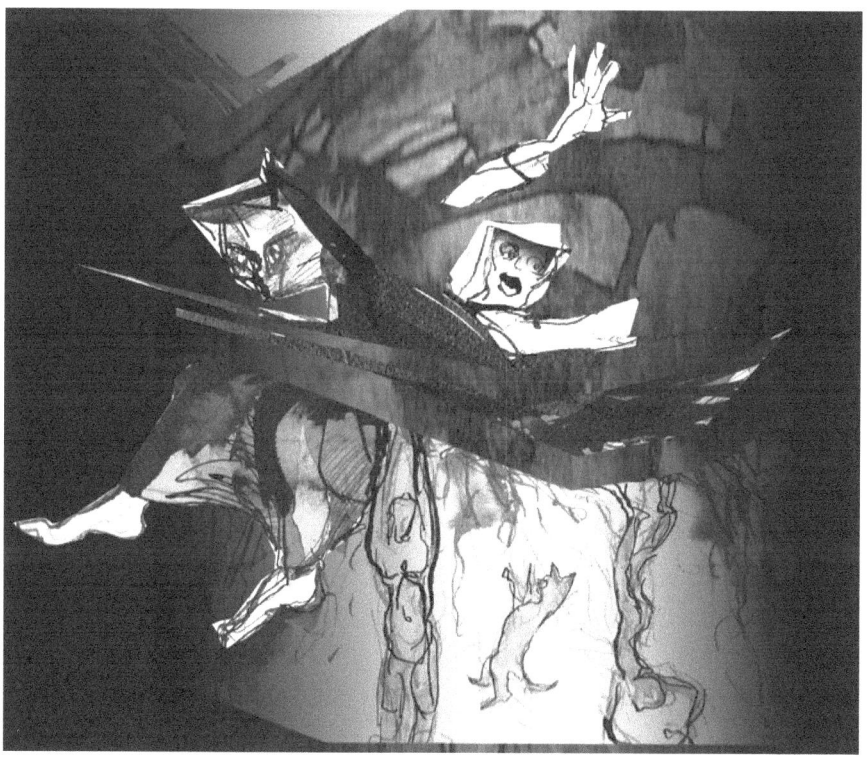

„Das Männerkloster?"
„Natürlich das Nonnenkloster. Es waren patriarchalische Zeiten. Auch der liebe Gott war zu jener Zeit noch ein Mann, den die

weibliche Theologie heute zu einem Zwitterwesen macht. Die Schuld lag immer bei den Frauen. Die ewige Ruh hat er den Nonnen aber nicht gegeben, in manchen Nächten spuken sie hier herum, und oft hört man, wie du, die Glocken der versunkenen Klosterkirche aus der Tiefe wummern. Oder wimmern oder bimmeln, ganz wie du willst."

„Aber das war doch die Goetheglocke, die in meinem Unterbewusstsein bimmelte, wimmerte und wummerte."

„Ich wollte dir eine plausible Erklärung geben. Eine nicht plausible hätte dich wohl überfordert. Diese versunkenen Glocken stören dein realistisches Weltbild gewaltig."

„Deines nicht?"

„Kein bisschen. Übrigens spuken die Nonnen nicht nur, sie spucken auch, und zwar mitternächtlichen Wanderern und Liebespaaren, die sich nachts herumtreiben, ins Gesicht. Früher waren es viele, aber es geht ihnen wie auch den meisten noch nicht untergegangenen Klöstern: Die Alten verschwinden, es fehlt an Nachwuchs. Heute versehen nur noch drei bejahrte Nönnlein den Spuk- und Spuckdienst."

„Drei Nönnlein? Womöglich die, die ich nach dem Weg zu deinem Haus gefragt habe. Wenn sich nicht dieser charmante Hund meiner angenommen und mich zu dir geleitet hätte, wär ich umgekehrt."

„Auch der nette Hund weilt nicht mehr unter den Lebenden, der ist unter die Räder gekommen und bellt in den ewigen Jagdgründen. Was ihn nicht daran hindert, gelegentlich auszubüxen und nach den Knochen zu graben, die er einst verbuddelt hat."

„Sehr lustig", sagte ich. „Aber da ich weder an Geisterhunde noch an spukende spuckende Nonnen glaube, müssen die woanders hergekommen sein."

„Bei Heppenschwand gibt's ein Ferienhaus für Klosterschwestern, ich nehm die eine oder andere manchmal ein Stück im Auto mit, wenn ich einkaufe. Aber nachts haben die sich nicht herumzutreiben." Er packte meinen Arm. „Vorsicht, die Bretter sind glitschig, man rutscht schnell aus, steckt im Schlick und kann gucken, wie man wieder rauskommt, wenn keiner an einem zieht."

Ich zeigte doch etwas erschrocken auf eine aus dem Moorschlamm ragende Hand, etwas weiter weg war es ein vermoderter Schuh, in dem noch ein Fuß und ein Bein steckten. „An denen hat keiner gezogen."

„Ja, manche schaffen es, manche nicht. Man hat sie dringelassen als *memento mori*, damit bloß keiner vom rechten Weg - von den rechten Bohlen - abweiche."

„Hier gibt's also Moorleichen."

„Wie du siehst. Ganz und am Stück. Sie halten sich ausgezeichnet, wenn es zu viele werden, zieht man ein paar von ihnen heraus und schafft sie ins Heimatkunde- und Narrenmuseum im Schloss zu Bonndorf."

Ich war entrüstet. „Obwohl ich dir natürlich kein Wort glaube, Augustin, finde ich, was du da sagst, reichlich makaber und pietätlos."

„Die Dinger erfreuen sich großer Beliebtheit. Es gibt auch eine sehr ansprechende Postkartenserie ‚Moorleichen', die geht weg wie nix - kostet nur acht Euro."

„Wie lang braucht man, bis man hindurch ist?"

„Nur wenige Minuten. Drüben geht der Weg weiter durch den Wald, schlägt dann einen Bogen und führt wieder zum Parkplatz."

Ich hatte genug. Bevor wir zurückstapften zur Straße ...

„Tief atmet er auf, zum Moor zurück
Noch immer wirft er den scheuen Blick:
Ja, im Geröhre war's fürchterlich,
O schaurig war's in der Heide!"

*

Im Kuckuck, richtiger gesagt im *Zum Kuckuck,* einem kleinen urigen Restaurant hinter Menzenschwand, nahe den eher bescheidenen als grandiosen Wasserfällen, bekannt für ländlich-rustikale Küche, aßen wir zu Mittag (überbackene Kässpätzle), umgeben fast nur von braven, ebenfalls Kässpätzle oder Schäufele mit Kartoffelsalat oder Rostbratwurst mit Brägel essenden Schweizern, weil für sie hier alles viel billiger ist als zuhause. Augustin machte ein paar chauvinistische Bemerkungen, weil die Söhne und Töchter Wilhelm Tells ihre großen Schlitten gern ins Parkverbot stellten, wohl wissend, dass kein deutscher Polizist ihnen einen Strafzettel aufbrummen würde, um sie nicht davon abzuhalten, hierzulande die Wirtschaft feste anzukurbeln. Auch nimmt man ihnen nicht einmal die paar Kernkraftwerke übel, die sie direkt an der Grenze den deutschen Nachbarn vor die Nase gesetzt haben, weshalb in Dogern bei Waldshut die Sonne eher matt durch trübe Wolken guckt, die das Kernkraftwerk Leibstadt eifrig ausstößt. „Na, wie schmeckt das Waldhausbier?"
„Köstlich!" sagte ich. „Kein Wunder, wenn die Gottesmutter persönlich angezapft hat. Wo ist die Brauerei?"
„An der Straße nach Waldshut liegt sie - ein moderner Klotzbrocken, auf dem in kollosalen Buchstaben

𝔚𝔞𝔩𝔡𝔥𝔞𝔲𝔰

steht. Ich finde, das himmlische Bier hat diese großkotzige

Reklame nicht nötig. *Alles Kollosale schwächelt*, sagt Jean Paul."
Die Kellnerin hatte abgeräumt, zwei Eisbecher serviert, dazu ein Körbchen mit Gebäck.
„Was ist das denn? Sieht fast aus wie ..."
„Das ist eine Moorkatz. Moorkatzen - besser gesagt Moorkätzchen - sind eine hiesige Spezialität aus Mürbteig mit Rosinen, es gibt sie auch mit Schokoladenguss, was sie schön schwarz und moorig macht."
Ich biss einer Katze den Kopf ab. „Sollten diese köstlichen Minimoorkätzchen an den Nachwuchs jener sinnenfrohen Äbtissin erinnern, der einst herzlos im Moor entsorgt wurde?"
„So ist es. Besonders beliebt sind sie als Weihnachtsgebäck. Man bekommt hier vier verschiedene Förmchen: eine Katz zusammengerollt, eine aufrecht sitzend, eine reckt sich, eine stellt den Schwanz hoch, aber der bricht beim Backen leicht ab."
„Und könnte es sein, dass die alte Dame in Gestalt einer schwarzen Riesenkatze hier immer noch umgeht? Dass sie es war, die den bedauernswerten Verleger zu Tode erschreckt hat?"
„Eine durchaus naheliegende Idee, Heinrich, auf die ich nie gekommen wäre."
„Mir kommt noch eine. Man müsste sie erlösen. Und wer das schafft, der kriegt einen Schatz. Dann ist Ruh im Moor. Ich biete mich als Erlöser an. Auch wenn man es mir nicht ansieht: Mut hab ich genug. Was muss ich tun?"
„Du hältst dich da raus", sagte Augustin entrüstet. „Sie würde uns allen fehlen, und aus wär's auch mit den Hefekätzchen. Nein, die Moorkatz wird nicht erlöst, die bleibt wo sie ist. Im Tiefenhäuserner Moor. Und sie tut, was sie am besten kann: den Leuten die Haare zu Berg stehen lassen und gelegentlich jemand vom Leben zum Tod befördern."
Das klang lustig, aber in Augustins Augen glaubte ich ein Flackern zu sehen, das mir Unbehagen verursachte.

„Und ihr Galan, der rote Kater? Wo ist der geblieben?"

„Der wurde von seinen neidischen Mitbrüdern, als sie ihm drauf-kamen, was er nächtlich getrieben hatte, kastriert. Und da ihn nun keine wilden Triebe mehr plagten, hat er sich geistigen Genüssen zugewandt und ist ein großer Gelehrter geworden, dessen Kommentar zum *Gottesstaat* des heiligen Augustinus bis heute Pflichtlektüre für angehende Theologen ist. Ich kann dir nur raten, Heinrich, dich nicht intim mit einer Nonne einzulassen. Übel wird's enden."

Ich versprach es hoch und heilig. „Was ich dich schon gestern fragen wollte - diese katzengeschichtenschreibende Jemandin, die der so früh und so schrecklich aus dem Leben gerissene Verleger besuchen wollte, und die zufälliger- oder seltsamerweise gerade nicht hier weilt, geht mir nicht aus dem Kopf. Wie heißt die denn?"

„Clara. Mit C. Ihre Eltern waren Verehrer von Clara Wieck, der berühmten Klavierspielerin und späteren Ehefrau Robert Schumanns."

„Spielt diese Clara auch Klavier?"

„Sie kann ein Klavier nicht von einem Spinett unterscheiden."

„Du scheinst sie ja gut zu kennen."

„So gut, wie man eine Frau kennen kann, mit der man Tisch und Bett teilt. Wobei teilen nicht das richtige Wort ist, sie zieht mir immer die Bettdecke weg und vergreift sich gern an meiner Wärmflasche. Manche lieben's halt heiß."

„Du bist verheiratet?"

„Kein bisschen. Wir leben in Sünde, was ich nur empfehlen kann, weil es sich darin sehr gut lebt. Den Kaffee nehmen wir zuhause. Aber zuerst machen wir noch einen kleinen Verdauungs-spaziergang am Schluchsee. Warst du schon mal dort?"

„Lang ist's her."

„Vor achtzig Jahren wurde die Mauer gebaut und der See aufgestaut, in dem das einst hier liegende Dorf ertrunken und versunken ist. Auf seinem Grund ruht noch manches. In den Achtzigerjahren des letzten Jahrhunderts hat man wegen Reparaturarbeiten an Mauer und Rohren das Wasser abgelassen. Ich bin damals mit einem Freund auf dem Seegrund herumspaziert, der wollte unbedingt versunkene Schätze suchen. Sein Metalldetektor fand aber nur ein paar Blechdosen und ein Soldatenkoppel mit der Aufschrift *Für Führer und Vaterland.*"

∗

Das Seeufer bei Aha ist ganz flach. Überall Binsengürtel, kleine Sandbuchten, riesige, in sich verschlungene ausgebleichte, gewaltigen Geweihen urweltlicher Tiere ähnelnde Wurzeln und Felsen, darauf hockten aus Steinen gebaute Männchen. Wir ließen uns auf einem der angeschwemmten Torfbrocken nieder.

„Hat man sie hier auch schon gesichtet, deine Moorkatz?"

„Die hat hier nicht zu wildern, das ist nicht ihr Revier. Und es ist nicht meine, sondern unser aller Moorkatz."

„Oder habt ihr keine Geister wie am Mummelsee, kein nessieähnliches Geschöpf, so eins würde doch Touristen en masse anlocken."

„Wir haben - vielmehr hatten - was Besseres: eine Nixe. Die saß gern auf einem Stein am Ufer - wie die berühmte kleine Seejungfrau auf dem Felsen im Hafen von Kopenhagen - ließ ihren in allen Grün- und Blautönen schimmernden Fischschwanz baumeln und sang mit rauchiger Stimme nicht immer ganz jugendfreie Lieder. Unsere Emma, so wurde sie genannt, war nicht nur aufs Lieblichste bebust, sie hatte nicht nur einen scharfen Zack am Schwanzende, sondern auch ein keineswegs platonisches Verhältnis mit dem heiligen Nikolaus, dem Schutzpatron der Schluchseefähre, die seinen Namen trägt."

„Eine Nixe und ein Heiliger - geht das denn?"

„Frag mich nicht, wie sie's gemacht haben. Die Affäre schlug hohe Wellen, zur Freude der Badegäste und zur Empörung des Pfarrers von Schluchsee. Eines Tages war das Schiff weg, der Besitzer hatte es mitsamt dem heiligen Nikolaus verscherbelt, jetzt dümpelt es irgendwo im Spreewald hin und her, und der Heilige gibt sich wehmütig grün- und blauschimmernden erotischen Träumen hin. Mit Zack. Emma tauchte unter und kurz darauf im Titisee wieder auf, wo ein Fischer sie fast an der Angel gehabt hätte."

„Anglerlatein!"

„Mitnichten. Dieser Mann ist von geradezu gnadenloser Wahrheitsliebe, Pfadfinderführer und Organist an der Domorgel in St. Blasien und widerstand, anders als der heilige Nikolaus, all ihren Anbaggerungsversuchen."

„Wo steckt sie jetzt?"

„*Weißt du, wo die Emma ist, wo ist sie geblieben?*" sang Augustin. „Vielleicht hören wir eines schönen Tages, ein Fischer habe im Titicacasee in Peru eine attraktive Nixe mit Zack gesichtet, die sich auf den Titicacaseewellen gewiegt und ihm eindeutige Avancen gemacht habe."

„Und was schließt du daraus?"

„Dass unsere Nixe nymphoman sein muss. Und Titisee und Titicacasee klingt doch verwandt. Es gibt hier sogar - mit wachsender Mitgliederzahl - einen *Verein zur Erforschung unterirdischer Wasserverbindungen zwischen Anden und Schwarzwald.*"

Dann warfen wir flache Steinchen übers Wasser und zählten ihre Hüpfer.

*

Zurück fuhren wir über die Dörfer. Augustin erklärte, wenn ich schon mal da sei, müsse er mir unbedingt die Gegend zeigen. Die kleinen, so unspektakulär und etwas langweilig wirkenden Weiler seien alle von enormer historischer Bedeutung, von der die leider uninformierten, uninteressierten, recht nüchternen Touristenzentren hier nicht wüssten. „Der Ort zwischen Höchenschwand und Strittberg, durch den wir gerade fahren, heißt Attlisberg."

Der erinnerte mich an etwas oder an jemand - aber an wen?

An Attila, den Hunnenkönig, im Nibelungenlied Etzel. Der habe hier, wenn auch nur kurz, verschnauft auf dem Weg zu den Katalaunischen Feldern, um dort das Heer der Burgunder aufs Haupt zu schlagen. Auf dem kleinen Hügel - „dort hinten am Waldrand" - habe Attila Vesperpause gemacht, sei auf einem Felsen vor seinem königlichen Zelt gesessen, habe unterm Pferdesattel weichgerittene Fleischstücke gegrillt, vergorene Stutenmilch genossen und der beeindruckenden Alpenkette, die es damals schon gab, keinen Blick gegönnt. Als Barbar, der er war, mangelte es ihm entschieden am Sinn für die Schönheit der Natur. „Seither heißt der Ort Attlisberg, etwas übertrieben, denn der Berg ist, wie du ja siehst, nur ein mickriger fünf Meter hoher Buckel mit einer Bank drauf."

Ich war trotz der mickrigen fünf Meter beeindruckt. „Wissen das die Historiker?"

„Die wissen nur, was in den Büchern steht, die sie selber geschrieben haben. Übrigens serviert man heute noch in traditionsbewussten Gasthäusern eine Art Kefir aus Stutenmilch, den sogenannten ‚Hunnentrunk'. Wobei die Stutenmilch mangels Stuten meistens aus einem Ziegeneuter geflossen ist. Und jetzt zeig ich dir was Einmaliges."

In Oberweschnegg, diesem auf den ersten Blick eher langweilig und unbedeutend wirkenden Weiler, hielt er an einem der Häuser am Ortsende, es war ungeheuer weiß und wurde von zwei etwas angeschmuddelten muffigblickenden Löwen bewacht, denen man ansah, wie sehr sie sich nach der warmen heimischen Savanne sehnten. Vermutlich hatten sie auch was gegen Kühe.

„Diese Löwen sind keineswegs einmalig", sagte ich, „die muffeln größer oder kleiner vor jedem vierten Haus."

Augustin deutete auf das Dach der Garage nebenan. „Ich meine den!"

Mit nach vorne gestreckten Händen und hoch erhobenem Kopf, darauf eine Zipfelmütze, spazierte, etwas versteckt hinter Bäumen, ein Männlein in langem Nachthemd auf dem Dachfirst entlang ...

„Ein Schlafwandler?"

„Der ist aus Ton, aber sein Urbild war aus Fleisch und Blut. Kam der Vollmond, stieg er aus dem Bett, kletterte aufs Dach und marschierte, die Augen zu, in Richtung First, bis ...

„Bis der arme Kerl hinunterfiel und sich gott-weißwas brach."

„Er dachte nicht daran, er wandelte einfach durch die Luft weiter, so erzählte seine Frau, bis zum Baum auf der anderen Straßenseite, wo er den Stamm hinunterrutschte, immer noch mit geschlossenen Augen und ausgestreckten Armen zurück ins Haus wandelte und wieder ins Bett kroch. Hätte sie ihn gerufen, wär er aufgewacht und abgestürzt."

„Und der wandelt immer noch?"

„Der hat längst ausgewandelt. Die Familie hat ihrem Ur-großvater mit dieser eindrucksvollen Figur ein vielbestauntes Denkmal gesetzt. Eine mit Clara und mir befreundete Töpferin stellt die Kerle heute her - am laufenden Band, sozusagen -, nach Wunsch auch als Schlafwandlerin. Wobei sie streng auf Indivi-dualität achtet, sie verpasst jeder Figur eine andere Mütze, einen anderen Bommel sowie ein anderes Nachtgewand, einfarbig, kariert, getupft oder geblümt, kurz oder lang. Auf Wunsch wandeln Männlein und Weiblein auch nackig übers Dach, weshalb in einer Gemeinderatsitzung in Höchenschwand die Wogen hoch und die Parteien sich an den Kragen gingen. Die CDU wollte nur züchtig gewandete Schlafwandler und -innen genehmigen, die Grünen waren für Nackige, schließlich wurden beide zugelassen. Je nackiger, desto teurer sind sie."

„Komischer Name: Oberweschnegg. Tiefenhäusern klingt viel geheimnisvoller, märchenhafter, poetischer."

Am Ortsausgang hielt Augustin an und deutete auf ein Kreuz, darunter eine Bank. „Steig aus, wir setzen uns dorhin und ich erzähl dir was über den ‚unpoetischen Ortsnamen'. Es gibt nämlich, fast zwei Kilometer weiter weg, auch ein Unterweschnegg. Die Namen erinnern an einen unglaublichen Sittenskandal, über den man sich damals die Mäuler zerriss, von dem aber heute kaum mehr einer weiß - jammerschade, wie ich finde."

Ich leckte mir schon mal die Lippen.

„Das war so", sagte Augustin. „Unter dem Fürstabt des Klosters St. Blasien, einem tüchtigen, nicht unbedeutenden Kirchenmann, mit dem ich dich noch näher bekanntmachen werde, wurde der Weiler Wäschnegg gegründet. Zwei Familien besiedelten ihn, die eine fromm, gottesfürchtig, prüde, die andere leichtfertig und mit lockerer Gesinnung. Beim obligatorischen samstäglichen Wäschewaschen und -trocknen eskalierte die Situation. Die Prüden riefen: „Unterwäsch weg!" und hängten das Zeug, natürlich getrennt nach Geschlechtern, zum Trocknen in den Speicher, auf ihren Wäscheseilen hing nur die anständige Oberwäsche, also Schürzen, Kleider, Röcke, lange Hosen. Die andern brüllten frech „Oberwäsch weg!" hängten es auf den Speicher, und auf ihren Wäscheseilen flatterten enthemmt durcheinander männliche und weibliche Strümpfe, Unterhosen, Korsetts und Leibchen."

„Pfui Teufel!" sagte ich entrüstet.

„Ja, nicht wahr? Das artete aus, man ging einander an die Wäsche. Es soll Halb- und Ganztote gegeben haben. Schließlich trennte der Fürstabt die Streithähne und wies jeder Familie einen anderen Flecken zu. Ihre Wäsche hängte jede nun auf, wie es ihr gefiel. Die Frommen nannten ihren Ort Unterwäschwegg, die Sinnenfrohen Oberwäschwegg. Das ä hat sich irgendwann davongeschlichen und ward nicht mehr gesehn ..."

„Ich vermute, die Moorkatz hat es gefressen ..."

„und wurde durch das harmlose e ersetzt, ein n schlich sich ein, damit man die beiden Namen leichter aussprechen konnte. Und dabei blieb's bis heute."

„Und die Wäsche?" fragte ich.

„Heute sieht man das in beiden Orten eher ökumenisch. Ober- und Unterwäsche flattern vereint am gleichen Seil und haben sich lieb. Aber vorher musste es erst zu einem höchst tragischen Ereignis kommen."

Ich erklärte, ich sei wild auf tragische Ereignisse.

„Auf dieser Bank, die gerade dein Hintern drückt, trafen sich jede Nacht eine Jungfrau aus Ober- und ein Jüngling aus Unterweschnegg. Vielleicht war auch der Jüngling ein Oberweschnegger und das Mädchen eine Unterweschneggerin. Ihre Liebe war stärker als das moralische Wäscheproblem ihrer Eltern, weshalb sie sich an einem vierzehnten Februar, dem Valentinstag, an den Heiligen wendeten, der dafür bekannt war, dass er alle Liebenden, egal welchen Geschlechts, die seine Hilfe suchten, ohne kirchlichen Segen vermählte, weshalb er aus dem prüden englischen Heiligenkalender rausgeschmissen wurde. Er verheiratete auch unser Pärchen, das nun der Heimat den Rücken kehrte und nach Australien auswanderte, wo es von einem Ausflug zum berühmt-berüchtigten Felsmassiv der *Hanging Rocks* nicht zurückkehrte. Man hat nie mehr von ihnen gehört. Ich hab wiederholt versucht, unsern Bürgermeister zu bewegen, an dieser Bank eine auf die Tragödie hinweisende Gedenktafel anzubringen:

> Es waren zwei Bauernkinder
> die waren in Lieb entbrannt.
> Die Eltern kamen dahinter,
> die Lieb sei eine Schand.
> Und weil man ihnen die Lieb verboten
> zogen sie fort zu den Antipoden,
> in jenem fernen Kontinent,
> den man als Australien kennt,
> zu Känguruh und Koalabär.
> Gesehen hat sie keiner mehr.
> Was dort geschah im fernen Land,
> das ist uns leider nicht bekannt."

„Ich bin erschüttert. Von wem ist dieses zu Herzen gehende, mich tief bewegende Gedicht?"

„Von einem hierzulande äußerst beliebten Heimatdichter. Ich wär ja für die Kosten der Gedenktafel aufgekommen, aber man hat die Ohren zugeklappt."

„Augustin", sagte ich, „die Sache kommt mir bekannt vor."

„Mit gutem Grund. Der australische Regisseur Peter Weir kannte die Geschichte, sie faszinierte ihn so, dass er - allerdings mit leicht veränderter Handlung - danach den Film *Picknick am Valentinstag* - drehte, ein vielbewundertes Meisterwerk des Phantastischen Films. Und keiner weiß, dass die Wurzeln dieser Tragödie im südbadischen Ober- und Unterweschnegg liegen."

„Aber da hätte man doch was draus machen können! Andere Gemeinden würden sich die Finger schlecken nach so einer Geschichte. Ich könnte mir Freilichtspiele wie in Ötigheim bei Rastatt vorstellen - Romeo und Julia aus Ober- und Unterweschnegg, wie poetisch das doch klingt! - die Eingeborenen könnten alle mitspielen, und die Touristen kämen in Scharen."

„Nix zu machen", sagte Augustin. „Den Ortsvorstehern und Gemeinderäten fehlt leider der Sinn für Tragik und Poesie."

„Die Geschichte der hiesigen Ortsnamen ist wirklich faszinierend, Augustin. Woher weißt du das alles?"

„Von Clara. Sie hat recherchiert und für die *Badische Zeitung* aufgeschrieben, was es mit den hiesigen Ortsnamen auf sich hat. Und wurde statt gelobt bös dafür beschimpft. Die Bürgermeister behaupteten unisono, sie hätte sich alles nur aus den Fingern gesogen, die Namen hätten eine sehr solide, anständige, historisch unbedenkliche Grundlage und drohten, der Zeitung das Abonnement zu kündigen. Worauf die Zeitung Clara kündigte."

„Aber was ist denn nun Dichtung, was Wahrheit?"

„Das kann man nicht mal bei Goethes *Dichtung und Wahrheit* auseinanderhalten. Mich überzeugen Claras Geschichten mehr als das langweilige, angeblich authentische Zeug, das in den Chroniken steht."

∗

Augustins ihm nächtens die Decke wegziehende Bettgenossin hatte sich in meinem Kopf eingenistet, ich wollte mehr über sie wissen. Nachdem ich zwei Tässchen sehr starken, sehr süßen, sehr türkischen Mokka getrunken hatte ...

„Deine Clara - wieso schreibt sie ausgerechnet über Katzen?"

„Katzen haben etwas Kryptisches. Clara auch. Nur wer sich, wie sie, in der kätzischen Seele auskennt, kann es sich zutrauen, über diese sensiblen Geschöpfe zu schreiben. Die meisten Katzenbuchschreiber haben keine Ahnung, was man ihren Büchern auch anmerkt, in denen es wimmelt von süßen, putzigen, niedlichen Kätzchen. Clara hat ein Gespür für das Wilde, Unzähmbare, ja, sogar Dämonische, das man Katzen nachsagt, das auch immer wieder Dichter fasziniert. Gute Dichter sind meist Katzenliebhaber, die andern zieht's mehr zu Hunden."

„Schad, dass sie nicht hier ist."

„Clara ist immer hier." Er holte ein Bild, ein kleines Gemälde, aus dem Bücherregal, das dort in der Lücke zwischen den Biografien Clara Schumanns und Albert Einsteins gestanden hatte, und legte es mir in den Schoß. Auf tiefblauen Sessel lag, mit graziös gekringeltem Schwanz, eine wunderschöne funkeläugige

schwarze Katze. Das heißt, sie funkelte nur mit dem rechten Auge, das linke war zu.

„Ich halte, was ich hier sehe, nicht für eine Frau, sondern für eine Katze, Augustin. Wo steckt sie denn?"

„Clara ist die einzige im ganzen Haus. Genau so habe sie daesessen, genauso ihn angefunkelt, genauso den Schwanz gekringelt, sagt der Maler - von ihm stammt auch das Kapellenbild, das du schon kennst. Er schwört Stein und Bein, sie sei mal eine gewesen. In ihrem vorigen Leben."

„Du glaubst an Reinkarnation?"

„Kein bisschen. Aber was einer glaubt oder nicht glaubt, und was es - vielleicht - trotzdem gibt, das sind zwei paar Stiefel. Der Maler hat nur gemalt, sagt er, was er gesehen hat. Vielleicht sind wir wirklich mehr, als wir zu wissen glauben."

„Und du? Was hast du gesehen?"

„Clara, wie ich sie kenne, wie sie leibt und lebt. Er, wie sie leibte und lebte. Clara ist, wie du siehst, eine sehr attraktive Katze. Und ich muss zugeben, dass sie etwas Kätzisches an sich hat. Wenn ich rufe, kommt sie - oder nicht. Wach ich nachts auf, ist sie oft verschwunden, sie liebt es, bei Nacht und Nebel umherzustreunen, dabei kämen ihr die besten Ideen. Morgens liegt sie wieder neben mir, zusammengerollt wie eine Katze, und riecht nach Erde und nassem Gras. Bin froh, dass sie mir keine Maus aufs Kopfkissen schmeißt."

„Könnte es ein, dass sie ein Rendezvous mit einem roten Kater hat?"

„Ich frag lieber nicht nach."

„Wir sind mehr, als wir zu wissen glauben, hast du gesagt. Du auch?"

„Das will ich schwer hoffen."

„Und ich?"

„Du erst recht, lieber Heinrich."

„Und was glaubst du, was ich bin?"

„Irgendwann wirst du drauf kommen. Oder auch nicht. Die meisten kommen nie dahinter, wer oder was sie sind, da können sie heilfasten, soviel sie wollen Oder sie wollen es gar nicht wissen und leben so dahin, manchmal bequemer, als wenn sie es wüssten."

„Jedenfalls ist das ein mysteriöser, geradezu philosophischer Satz", sagte ich.

„Merk ihn dir gut, wir werden darauf zurückkommen."

„Wie meinst du das?"

„Wenn die Situation da ist."

„Wann ist die da?"

„Warte nur, balde."

„Du sprichst wieder mal in Rätseln. Wo steckt sie eigentlich, deine zur Zeit nicht unter uns weilende Katzenfrau?"

„Die Sache mit dem Toten im Moor hat sie arg mitgenommen. Sie bekam Schuldgefühle, weil sie ja gewissermaßen der Anlass war, dass er dieses schreckliche Ende gefunden hat. Sie ist, darin ganz Katze, zart besaitet und brauchte unbedingt Ruhe."

„Verstehe. Katzen, heißt es, verpennen den halben Tag."

„Du sagst es, Heinrich. Es gibt da eine nette kleine Pension hinter sieben Bergen, die gehört sieben Zwergen, da hat sie ihre Ruh, und wenn sie genug von den Zwergen und der Ruh hat, taucht sie wieder auf. Ich weiß nie genau, woran ich mit ihr bin. Sie gleicht einer Wolke, die kommt und geht, über einen hinwegzieht, sich auflöst, immer mal wieder eine andere Gestalt annimmt."

„Was wollte der Tote - natürlich als er noch nicht tot war - eigentlich von ihr?"

„Ihn gelüstete nach einem Kirsch."

„Was?"

„Er wollte wissen, ob das Kirschwasser hier so ausgezeichnet sei, wie man behaupte."

„Das war alles?"

„Keineswegs. Er wollte auch eine Geschichte."

„Aber Clara schreibt doch Geschichten."

„Er wollte mal was anderes. Was Marktgerechtes. Eine Mordgeschichte. Einen Krimi. Am besten einen Regiokrimi. Regiokrimis boomen. Wer heute nicht marktgerecht schreibe, der sei schnell weg vom Fenster. Nicht marktgerechte Bücher könne sich ein Verlag nicht mehr leisten, die brächten ihn schnell in die Miesen.“

„Aber Krimis schreiben sie heut doch alle“, sagte ich. „Bei Rombach, Freiburgs größter Buchhandlung, stapeln die sich bis an die Decke. Und das öffentlich-rechtliche Fernsehen nimmt seinen Bildungsauftrag dadurch wahr, dass es die Zuschauer mit Krimis stopft, als seien sie Gänse.“

„Jedem Ort sein Mord“, sagte Augustin, „jedem Örtlein sein Mördlein. Jedem Teich seine Leich und unter jedem Bett ein Skelett. Wenn das Filmteam einmarschiert, steht die Bevölkerung am Straßenrand, schwenkt Handys, Smartphones und Palmwedel und schreit ‚Hosianna!‘“

„Was hatte der mordgierige gute Mann sich denn vorgestellt?“

„Grausam muss es zugehen, sagt er, Blut muss aus Buch und E-Book heraustropfen. Tun Sie auch eine gehörige Portion Grusel hinein, und würzen Sie das Ganze mit einer nicht zu spärlichen Prise Sex, Clara, Sex sells. Ein Moor wie das hier vor Ihrer Nase, und diese Nonnengeschichte“ - das Buch über das unheimliche Moor lag auf dem Tisch, er hatte darin herumgeblättert - „sowas ist ein Gottesgeschenk, na ja, sagen wir, ein Glücksfall. Lassen Sie das Kloster wieder auftauchen, machen Sie einen Swingerclub daraus, lassen Sie die frommen Brüder die frommen Schwestern ein bisschen vergewaltigen, geht auch umgekehrt, ein paar können schwul sein oder nymphoman oder lesbisch oder bi oder trans, heute gibt's ja viel mehr Geschlechter als der Herrgott geschaffen hat - über vierzig, weiß das Internet -, das ist zeitgemäß und ausgesprochen ...“

„marktgerecht?“

„Ganz recht, Heinrich. Damit sie es nicht vergesse, hat er das Wort mit dem Finger auf die Fensterscheibe gemalt, wo du es heute noch lesen kannst. Clara findet geputzte Fenster spießig."

Tatsächlich, da stand es: *marktgerecht!* Darunter: *Marktgerechter Sex! Marktgerechter Grusel! Marktgerechte Grausamkeit!* Daneben, aber in anderer Schrift und wie auf einem Einkaufszettel: *Senfgurken, Dosenmilch, Klopapier, dreilagig, Bitterschokolade, 75 %, für A Vollmilch, aber ohne Haselnüsse und Mandeln ...*

„Und wie hat sie reagiert?"

„Bewundernswert. Meine Clara hat Prinzipien. Sie hat dem Mann den Rost runtergemacht. Niemals werde sie so etwas schreiben, sie laufe keinem Trend nach und verkaufe sich nicht. Lieber liege sie wie Spitzwegs armer Poet als arme Poetin mit aufgespanntem Regenschirm in ihrem Bett unter einer tropfenden Zimmerdecke und schreibe weiterhin moralisch hochstehende mord- und sexfreie Katzengeschichten."

„Du warst bei dem Gespräch dabei?"

„Ich hab gelauscht, das Fenster stand offen, ich hab draußen im Garten die letzten Schnecken umgebracht, um sie von der Vermehrung abzuhalten."

„Wie bringst du sie um?"

„Mit der Schere - *ritzeratze, voller Tücke ...*"

„Sehr grausam!"

„Die Schnecken merken gar nichts davon, sie haben kein Nervensystem. Vermutlich genießen sie es sogar."

„Und Clara?"

„Sie hat zwar auch was gegen Schnecken, aber noch mehr gegen meine Abmurkserei. Sie wirft die Schleimer über die Hecke zum Nachbarn, weil sie glaubt, die finden nicht mehr zurück. Sie sind aber, weil sehr heimatverbunden, bald wieder da."

„Wie ging's weiter?"

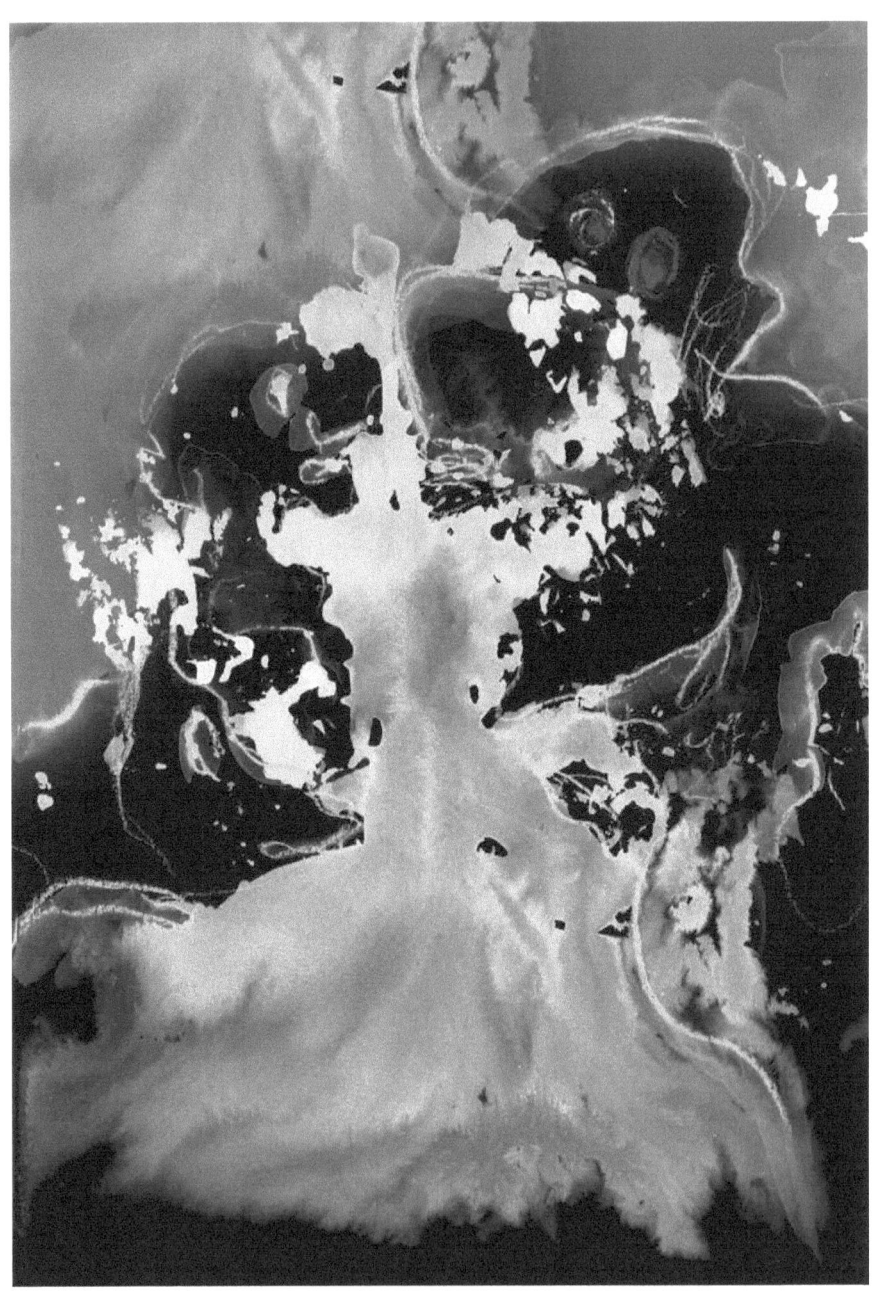

„Wir hatten den Besucher, in der Hoffnung, er werde seinen Sinn wandeln, zum Essen eingeladen. Er hat schamlos zugeschlagen. Hat sich den letzen mit Pilzen gefüllten und mit Parmesan überbackenen Pfannkuchen geschnappt und die Flasche mit Rotwein - ein *Burgheimer Käsleberg* - leergetrunken. Was ihn dermaßen beflügelte, dass er, kein bisschen sinnesgewandelt, erklärte, er sei ganz heiß auf die Nonnen, müsse unbedingt sehen, wie sie, Klagelieder singend, im nächtlichen Moor umherwandeln oder Liebespaaren ins Gesicht spucken. Er hoffte auf eine Begegnung mit der wilden schwarzen Moorkatz, wollte die Glocken des versunkenen Lotterklosters hören und sehen, wie die Bäume zu riesigen, mit Greifarmen drohenden Gespenstern werden, wie aus dem Sumpf phantastisches Ungetier aufsteigt. Wollte fühlen, wie die Bohlen glucksend unter den Schuhen nachgeben - kurz, er wollte, wie er verkündete, die schauerliche Atmosphäre aufsaugen und versprach Clara, ein Stimmungsbild zu liefern, an dem sie sich ein Beispiel nehmen könne.

Womöglich werde er seinen Gruselkrimi auch gleich selber schreiben, da spare er das Autorenhonorar. Erkundigte sich nach dem Weg, wartete die Dämmerung ab und zog los. Eine Taschenlampe hatte er mitgenommen, die lag neben ihm, als man ihn am nächsten Morgen fand. Ein Schweizer Ehepaar, das Pilze gesucht hatte.“

„Mit Erfolg?“

„Die Plastiktüte war voll, mehr als zwei Kilos. Pilze in der Plastiktüte - das ist schlimmer als ein Mord. Sie bekamen eine anständige Strafe, die Pilze wurden konfisziert und landeten auf den Tellern der Senioren in der Seniorenresidenz Höchenschwand. Kann ich Clara wiederhaben?“

Ich gab Augustin seine Katze - seine Frau - zurück. Dass nun ihr linkes Auge funkelte, das rechte war zu, irritierte mich allerdings leicht.

„Ich muss dir was gestehen, Augustin. Ich war nachts in Claras Zimmer. Sie schreibt nicht nur Geschichten mit Katzen, sie sammelt auch welche."

„Sie sammelt sie nicht. Sie kriegt sie geschenkt. Von ihren Lesern. Jede Woche eine Katze, mindestens. Ein Horror."

„Aber warum stopft sie mit ihnen das Zimmer voll?"

„Sie wegzuschmeißen brächte sie nicht übers Herz. Sie hebt sie auf, schenkt sie den Nachbarskindern, die verhökern sie dann auf dem Weihnachtsbasar. Und jetzt könnten wir ..."

„Gar nichts könnten wir. Ich muss los."

„Du kannst gar nicht los."

„Was sollte mich daran hindern? Die Moorkatz?"

„Peterle."

„Wie bitte?"

„Peterle ist mein Marder. Der verschleckte Kerl ist verrückt nach warmen Gummi. Ich wollte heute morgen dein Auto woanders hin stellen, der Nachbar kommt sonst nicht aus seiner Garage, aber es hat sich nicht gemuckst. Die Leitungen sind durchgenagt. Marder gelten als Feinschmecker."

„Was machen wir nun?"

„Ich ruf in der Werkstatt in Höchenschwand an, Herr Nicolosi steht auf vertrautem Fuß mit meinem Marder, auch seine Frau hat ein mitleidiges Herz, sie gibt mir ab und zu eine Dose *Huhn mit Thun* für ihn mit, danach schleckt Peterle sich nämlich auch die Pfoten. Morgen fährt deine Kutsche wieder."

„Warum bringst du ihn nicht um? Bei Mäusen und Schnecken bist du weniger zimperlich."

„Peterle ist zwar ein begeisterter Kabelbeißer, aber auch ein besonders hübscher, dazu blitzgescheiter Marder mit weißem Kehlfleck, da hab ich Mordhemmungen. Oder könntest du jemand mit weißem Kehlfleck herzlos abmurksen? Na, siehst du. Wie wär's mit einer kleinen Ausfahrt? Ich will noch etwas in der Nähe von Görwihl erledigen. Wenn du schon mal den Weg hierher gefunden hast, fühle ich die moralische und pädagogische Verpflichtung, dir etwas zu bieten. Dein Aufenthalt soll dir unvergesslich sein."

„Was du mir bisher geboten hast, Augustin, übertrifft meine Erwartungen."

„Oh, das ist noch lange nicht alles. Die Gegend, in die wir fahren - aber du wirst schon sehen."

*

Wir fuhren durchs Albtal auf einem serpentinenreichen Sträßchen über den kleinen Ort Tiefenstein hinauf auf die Höhe. Görwihl liegt wirklich herrlich auf einer weiten Hochebene.

„Du bist hier", sagte Augustin feierlich, „im Lande der Hotzen."

„Der Heimat des berühmten Räubers Hotzenplotz?"

„Der heißt nach dem Ort Hotzenplotz, und das liegt - oder lag - in Schlesien. Nein, der Name kommt von ‚Houtz', einem altalemannischen Ausdruck für Bauer oder Wäldler. ‚Hotzenwald' hat der Dichter Joseph Victor von Scheffel - das ist der mit dem berühmten historischen, aber etwas zähflüssigen Roman *Ekkehard,* dem noch berühmteren *Trompeter von Säckingen* und dessen hochberühmten *Kater Hidigeigei* - die waldreiche Gegend genannt. Hier ist die Heimat der Salpeterer, aufmüpfiger, tapferer Leute, die sich jahrhundertelang den Habsburgern zugehörig fühlten, später dem Land Baden zugeschlagen wurden und die sich im

65

Salpetereraufstand gegen die Fürstäbte von St. Blasien wehrten, die hier das Sagen hatten und glaubten, mit den Einheimischen, für sie eher Leibeigene, Schlitten fahren zu dürfen. So was kann man mit aufrechten Hotzen - wobei ich die nicht minder aufrechten Hotzinnen, um mir nicht deren Zorn zuzuziehen, natürlich einschließe - nicht machen. Ruhm und Ehre ihrem Andenken!"

Wir gedachten eine Schweigeminute lang der tapferen Revoluzzerinnen und Revoluzzer ...

In einem Ortsteil der Gemeinde Strittmatt hielt er kurz vor dem Haus des Tierarztes, er müsse nur etwas abgeben. Nach ihm betraten drei Katzen, zwei Hunde und ein Goldhamster eher widerstrebend die Praxis, sie wirkten nicht, als freuten sie sich, den Doktor zu sehen.

Nach fünf Minuten war er wieder da.

„Was wolltest du denn beim Tierarzt? Ihr habt doch gar keine Katze, und für Clara ist der wohl kaum zuständig."

„Sie hat ihm eines ihrer Katzenbücher versprochen. Er betreut alles hier, was nach Katze aussieht. Eine besonders fette, schneeweiße hat sich auf seinem Schreibtisch gefläzt. Sie heißt Uriella und gehört einer Sekte, die ganz in der Nähe von Strittmatt sitzt. Und zwar aus gutem Grund. Strittmatt ist nämlich der einzige Ort mit fünf t im Namen."

„Na, und?"

„Dieser Buchstabe t - an was erinnert er dich?"

„Warte mal - an ein Kreuz?"

„Ja. Strittmatt hat gleich fünf davon. Höchenschwand nennt sich stolz ,Das Dorf am Himmel', aber Strittmatt ist mit seinen fünf t-Kreuzen dem Himmel noch viel näher. Die Mitglieder sind lauter weiß gewandete Engel, weshalb auch alles, was dort lebt, Kühe, Hühner, Hunde, Mäuse und Katzen, weiß zu sein hat."

„Und was fehlte der adipösen Sektenkatze?"

„Die war zwar fett, aber sonst pumperlgesund. Sie weilt nur vorsichtshalber hier. Immer wenn Festtage drohen, übernimmt er die Katzen. Bei den Sektenengeln menschelt es nämlich gewaltig, dann gehen sie sich ganz unengelhaft an die Gurgel, giften sich an, und die Katzen werden neurotisch. Ist das Fest vorbei, haben sich alle wieder lieb. Die Engel hocken übrigens auch hier wegen der fünf Kreuze im Ortsnamen. Sie glauben, dass der liebe Gott ein besonders wohlgefälliges Auge auf Strittmatt geworfen habe. Und da, wie ihnen geoffenbart wurde, demnächst das Ende der Welt droht, ist, wer dieser Sekte angehört und ihr seinen Besitz überschrieben hat, auserwählt und gut dran, der liebe Gott wird diesen seinen Engeln, und nur ihnen, kleine Raumschiffchen schicken, die sie in himmlische Gefilde oder zu einem gottge-fälligeren Planeten bringen werden."

„Und die Katzen?"

„Die müssen mit, die armen Viecher. Wenn sie nicht vorher in Richtung Tierarzt verschwinden. Katzen, sagt man ja, seien prophetisch veranlagt und ahnten kommendes Unheil voraus. Und jetzt fahren wir nach Nöggenschwiel, rosenhalber."

„Nöggenschwiel? Ihr seid hier ja reich an skurrilen Ortsnamen."

Während der Fahrt erklärte Augustin mir den rosigen Ort: „Nöggenschwiels ganzer Stolz war früher ein hübscher kleiner Wasserfall samt eines darin herumplanschenden Wassermanns, auch Nöck genannt. Nöckwiel hieß der Ort - Weiler des Nöck. Der Nöck schlug meisterhaft die Harfe und sang dazu aus vollem Hals, er soll einen wundervollen lyrischen Bariton gehabt haben. Als die Dorfkinder, um ihn zu ärgern, behaupteten, als Was-sermann könne er nie in den Himmel kommen, wurde der Nöck traurig, machte den Mund zu und tauchte unter. Was den Dörf-lern nun auch nicht gefiel, der Nöck war eine Attraktion, die, besonders zur Freude der Gastwirte, viele Leute anzog. Also baten sie den Nöck händeringend, nicht mehr zu schmollen:

Komm wieder Nöck, und singe schön, wer singt, kann in den Himmel gehn!
Der Nöck tauchte wieder auf, griff zur Harfe *und sang mit Macht von Erd und Meer und Himmelspracht* ... Der berühmte Komponist Carl Löwe, der hier auf der Durchfahrt ein paar Tage hängen blieb, hat ihn singen hören und seine wunderbare Ballade *Der Nöck* geschrieben, ein Paradestück für jeden Sänger."

„Singt er noch?"

„Der Nöck ist wög - ich meine, weg. Als wieder mal eine dieser höchst überflüssigen Rechtschreibreformen durchgeführt wurde - man lässt die Spache einfach nicht in Ruh und murkst dauernd an ihr herum -, hat man aus dem ck zwei g gemacht. Der Nöck wollte aber kein Nögg sein, nahm seine Harfe unter einen Arm, den Wasserfall unter den anderen und wanderte beleidigt aus. Niemand weiß, wo er heute singt. Wenn überhaupt noch. Den Nöck war man also los, man suchte eine neue Attraktion und entschied sich für Rosen. Die singen zwar nicht, aber sie duften immerhin."

Nach dem Kauf etlicher nicht singender, aber wunderbar duftender Rosenstöcke machten wir noch an einem malerisch hinter einer Weißdornhecke versteckten kleinen Friedhof halt, weil Augustin einer Nachbarin, die ihm frühmorgens seine Zeitung brachte, versprochen hatte, das Grab ihres hier hoffentlich in Frieden ruhenden Onkels mütterlicherseits mit Namen Josef Bobst zu gießen. Wir gossen auch den Bobstschen Grabstein. Den spaltete ein tiefer Riss, aus dem wilder Thymian herauswucherte, beinahe. Obendrauf war eine Art Antenne befestigt. Nach der dritten Kanne erklärte Augustin, nun sei genug gewässert. Dieses Grab habe es in sich.

„Den Onkel", sagte ich. „Wen sonst."

„Und der hatte es auch in sich."

„Das musst du mir erklären", sagte ich. „Warum ruht der gute Mann nur hoffentlich in Frieden, und nicht ganz bestimmt? Oder ruht er nicht, weil er - wie diese Nönnlein - herumspukt? Womöglich auch im Moor?"

Wir seien gleich zuhause, sagte er, und während er sich ums Abendessen kümmere, könne ich einen Spaziergang machen. „Grüß mir die Strohfiguren. Und den Tobias."

✳

Neben dem Bauernmarkt bei Oberweschnegg - in Unterweschnegg höre die Welt wirklich auf, der bedauernswerte Ort könne nicht einen einzigen Schlafwandler vorweisen, hatte Augustin fast verächtlich gesagt - lag die große abgemähte Wiese, die ich schon am Morgen gesehen hatte, und auf dieser Wiese konnte man sie bewundern. Alle hiesigen Vereine hatten mitgemacht, wie Tafeln stolz verkündeten, Hausfrauen (katholisch) und Landfrauen (evangelisch), rüstige Seniorengruppen (gemischt), auch die Gruppe ‚Gut integrierte Muslime im südlichen Schwarzwald', Feuerwehr, Guggenmusik, die Fasnetzunft ‚Tannenzäpfle'. Es waren Motive aus Sagen und Märchen, aus dem bäuerlichen Leben, dem Handwerk. Auch Aladin und die Wunderlampe (die gut integrierte muslimische Gruppe), ein Bauer, der gerade die Axt in einen Baum schlug, eine Mühle mit von Wasser getriebenem Mühlenrad, Müller und Esel, daneben eine dem Trend zu erneuerbarer Energie geschuldete moderne Windmühle, deren Räder sich sogar schwerfällig drehten. Ein Schnapsbrenner brannte Schnaps, sieben nette Geißlein purzelten durcheinander. Wenn man ihnen auf den Bauch drückte, meckerten sie fröhlich drauflos. Aber nur vier. Drei blieben stumm. Eine Riesenschnecke schleppte ihr Riesenhaus, Rehe, Hirsche und Wildsäue tummelten sich an der Futterkrippe, hinter einem dicken Baum sah der Holländermichel aus Hauffs Märchen *Das Kalte Herz* hervor, der als knollennasiger Strohmann aber wenig dämonisch wirkte. Alles aus Stroh, alles ganz kunstfertig und liebevoll gemacht und in seiner Einfachheit - bei Strohfiguren kann man nicht so ins Detail gehen - überzeugend. Vom Bauernmarkt klang leise Musik, ich hörte teils begeisterte, teils kritische Kommentare der Besucher, manches verstand ich, manches nicht. Der alemannische Dialekt wird hier noch gesprochen, viele Schweizer waren da, ihr Schwyzerdütsch klang rau und kehlig in meinen Ohren.

Dann stand ich vor ihr - und fuhr zusammen.

Die Figuren, die ich bisher gesehen hatte, waren eher naiv-lustig, diese hier nicht. Die Katze lauerte halb versteckt hinter Büschen ganz am Ende des Geländes in einem Kreis von Pilzen und überragte alle anderen Figuren. Aufrecht hockte sie da, die plumpen Pfoten mit den sichelartigen Krallen nebeneinandergestellt. Ihre Glasaugen funkelten. Funkelten böse, wie mir schien. Und obwohl mein gesunder Menschenverstand sich sofort gegen die ‚böse funkelnden Augen' wehrte - was soll an einer glasäugigen Strohkatze schon Böses sein, sie funkelten einfach nur, vermutlich war eine Batterie eingebaut -, blieb doch ein unbehagliches Gefühl, das ich nicht wegvernünfteln konnte, ein Etwas, das jenseits des Fassbaren lag. Keine Tafel nannte den Hersteller. Die Musik hatte abrupt aufgehört. Ich stand allein da, alle Besucher schienen einen Bogen um sie zu machen. Mich fröstelte. Ging es von der Katze aus? Unsinn, Heinrich, dich fröstelt, weil es kühl geworden ist, Katzen machen einen nicht fröteln. Im Gegenteil, ein Katzenfell, heißt es, hält warm und ist gut gegen Rheuma. Aber der möcht ich nachts trotzdem nicht begegnen, dachte ich, ließ die Katze stehen und wandte mich dem wesentlich gemütlicher aussehenden Trojanischen Pferd zu.

„Welche gefällt Ihnen am besten?" Der junge Mann neben mir lachte mich an. Ein netter Junge, freundliches, offenes Gesicht, rote Backen, dunkles Haar, das sich schon lichtete. „Sie können einen Stimmzettel abgeben, die Figur oder Szene mit den meisten Stimmen gewinnt. Ich bin der Tobias, ich schaff hier im Bauernmarkt." Er biss in einen Apfel und verzog das Gesicht.

„Zu sauer?"

„Zu süß. Heut schmecken die nur noch süß und fad, weil die Säure rausgezüchtet wird. Und die braucht ein anständiger Apfel nun mal."

„Schönen Gruß von meinem Freund Augustin aus Tiefenhäusern. Ich mach ein paar Tage Urlaub bei ihm."

„Danke. Manchmal leiht er mir eins von seinen Büchern."

„So? Was lesen Sie denn gern?"

„Unheimliche Geschichten." Er blickte, scheu, wie mir schien, hinüber zur großen Katze.

„Welcher Verein hat diese Riesenkatze gemacht?"

„Keine Ahnung. Das ist die Moorkatz - ich mein, das soll sie sein."

„Die Moorkatz? Die angeblich nachts im Moor umhergeistert?"

„Ja. Niemand weiß, woher unsere Strohkatz kommt. Ich hab beim Aufbau der anderen Figuren geholfen, da war sie noch nicht da. Sie ist nachts gekommen."

„Auf ihren eigenen vier Pfoten?"

„Jemand hat sie hergebracht und aufgestellt. Sie ist jedes Mal dabei, aber keiner gibt ihr seine Stimme. Vor zwei Jahren hat eine Kapelle gewonnen. Schön war die ja nicht, nur langweilig, aber halt fromm. Lieber was langweilig Frommes, denken die Leut, als was Nichtfrommes wie die da. Sieht ja auch zum Fürchten aus, oder?"

„Aber man kann doch herausfinden, wer sie gemacht hat."

Er sah mich fast erschrocken an. „Man will's gar nicht wissen. Sie ist ein Geheimnis. Geheimnisse sind übelnehmerisch, man soll sie in Ruh lassen, sonst rächen sie sich."

„Reiner Aberglaube, Tobias."

„Vielleicht. Vielleicht auch nicht. Aber es gibt auch nette kleine Moorkätzchen. Haben Sie mal eins probiert?"

„Ja, im *Kuckuck* - wirklich fein, ganz locker und zart."

„Meine Oma backt immer samstags ganze Körbe voll für Restaurants, Cafés und für den Bauernmarkt. Die Leute reißen sie ihr aus der Hand. Sie können hier auch was essen, Schübling, Schlachtplatte, heißen Fleischkäs, geräucherte Bratwurst, grob oder fein, mit oder ohne Bärlauch, aber die mit schmeckt wie die ohne, Tannenspitzle, Landjäger - oder Sie trinken Kaffee oder Glühwein, es gibt auch Kuchen, Käskuchen, Apfelkuchen, Streuselkuchen, Schwarzwälder Kirschtorte, Mohn-Nuss-Stollen und natürlich Omas Moorkatzen." Er hob den Arm, um den Butzen wegzuwerfen, zielte auf die Katze, zögerte, wandte sich um und warf ihn dem Holländermichel an den Kopf.

„Was sagen Sie zu diesem Toten im Moor, Tobias, den man kürzlich gefunden hat?"

„Ach, da liegt mehr als nur einer. Heißt es. Sagt man. Wird behauptet. Wird gemunkelt. Na ja, gezählt hat man sie noch nicht. Du meine Güte, eben kriecht einer in den Bauch vom Trojanischen Pferd, und die Leiter wackelt ..." Er rannte davon, drehte sich nochmal um, ich solle Augustin auch einen schönen Gruß ausrichten, und die Geschichte von diesem Amerikaner, diesem Herrn Poe, in der eine Riesenkatze zwei Frauen umbringe im Moor - Quatsch, in Paris, in der Rue Mord - oder wie die heiße, sei eine Wucht. „Ich mein natürlich den Riesenaff, der hat sie massakriert."

Ich wollte zuerst die riesige Strohmoorkatz küren, damit sie wenigstens eine Stimme bekam, aber eine Scheu, die ich mir nicht erklären konnte, hielt mich ab. So gab ich meine Stimme den sieben Geißlein - das siebte guckte neckisch aus einem gewaltigen Uhrenkasten heraus -, trank einen Glühwein, dann einen zweiten und schlenderte zurück.

Auf dem Rückweg fiel mir auf, dass die orangeroten Schneepfähle in Erwartung des Winters schon im Boden steckten. Auf einem hockte, mit schwarzglänzendem Gefieder, ein Rabe. Als ich an ihm vorbeiging, blieb er ruhig sitzen. Ich wandte mich um. Auch er hatte den Kopf nach mir gedreht, wir sahen uns an. „Na, Freundchen, wie geht's denn?" krächzte der Rabe. Schlug mit den Flügeln, unter denen rote und grüne Funken hervorstoben, hob ab und flog davon.

Das war der Glühwein, sagte ich mir. Einer sieht weiße Mäuse, ein anderer einen funkensprühenden Raben, der sich immerhin höflicherweise nach seinem Befinden erkundigt. Dann fiel mir ein, dass Augustin meine Frage nach dem Insassen des Grabes mit dem gespaltenen Grabstein ignoriert hatte.

*

„Was gibt's zum Essen?"

„Geröstete Kastanien." Augustin hatte den Grill gerichtet, und während er am Feuer hantierte, stöberte ich in seinen Büchern - im ganzen Haus wohl um die zwanzigtausend. Er habe sein Haus um die Bücher herumgebaut, sagte er, und die erlaubten ihm großzügig, auch darin zu wohnen. Wenn das Atomkraftwerk in Leibstadt hochgehe und, weil alles verseucht sei und man nicht mehr herauskomme und hier für den Rest des Lebens festsitze, habe er jedenfalls genug zu lesen. Allerdings seien manche Bücher recht schwierig.

„Du meinst, schwer verständlich?"

„Ich meine ihre Marotten. Manchmal streiten sie sich mit dem Nachbarn und giften sich an. Neulich hatten die beiden Walsers Zoff. Martin Walser, er kann ein rechter Wüterich und Bosniggl sein, hat den sanften Robert Walser aus dem Regal geschubst."

„Unter Verwandten kommt sowas schon mal vor."

„Die zwei sind weder verwandt noch verschwägert. Robert hat Martin einen Viel- und Schnellschreiber genannt, er findet dessen Bücher zu dick und seine Augenbrauen zu verzwirbelt. Ich hab beide ernstlich verwarnt und auseinandergestellt."

„Neuigkeiten von Clara? Hat sie sich mal gemeldet?"

„Ja, auf dem Anrufbeantworter. Sie genießt die Waldesruh, sammelt Tannenzapfen fürs Kaminfeuer und lässt dich, auch im Namen der sieben Zwerge, herzlich grüßen."

„Darf ich mal ihre Stimme hören? Kann sie schnurren?"

„Schon gelöscht. Sie findet dich übrigens sehr gelungen."

„Gelungen? Sie? Mich?"

„Ja, so hat sie's gesagt."

„Sehr schmeichelhaft. Aber sie kennt mich doch gar nicht."

„Sie kennt dich besser als du denkst, Heinrich. Wie war's bei den Strohfiguren?"

„Hab sowas noch nie gesehen. Manches fand ich originell, manches fast grotesk, wie diese Katze ganz hinten, halb versteckt hinter Bäumen in einem Kreis von Plastikpilzen. Ein monumentales Viech, wahrhaftig keine Schmusekatze. Es wirkt in seiner Plumpheit geradezu archaisch. Der Tobias sagt, das sei die Moorkatz. Niemand hat den Kreis betreten, die Leute haben nur geflüstert, als könne die Katze sie hören."

„So einen Pilzkreis nennt man Hexenring. Es sind keine Plastikpilze, sondern nebelgraue Trichterlinge - *Lepista nebularis*. Der Volksglaube sah darin - oder sieht heute noch - einen Versammlungsort der Hexen, den man nicht betreten darf. Die Pilze können in einer einzigen Nacht aus dem Boden schießen. Früher hat man magische Kreise mit Kreide gezogen, um Geister oder Dämonen zu beschwören, und damit sie nicht ausbrechen."

„Na, hoffentlich hält die Katze sich dran."

„Katzen halten sich nie an das, was man von ihnen erwartet. Sie macht nicht nur das Moor unsicher sondern die ganze Gegend."

„Welche Katze meinst du? Die im Moor oder die aus Stroh?"

„Für die Leute hier fließen die beiden zusammen zu einer einzigen Katze: zur Moorkatz. Nachts erwacht sie zum Leben, sie reckt und streckt sich, springt aus dem Kreis, treibt sich in den Dörfern herum und versetzt die Leute in Angst und Schrecken. Man verrammelt Türen und Fensterläden. Manche schwören Stein und Bein darauf, sie gesehen zu haben, ein Ungeheuer von einer Katze, dessen Umrisse das Spiel des Mondlichts und der Schatten ins Gigantische verzerren. Dann kriechen sie ins Bett und ziehen die Decke übern Kopf."

„Und wenn sie nicht gestorben sind", vermutete ich, „dann liegen sie heut noch drin."

„Die tiefen Spuren ihrer Pfoten sind ganz deutlich zu sehen, man kann ihnen folgen, bis sie plötzlich im Nichts enden, als ob der Boden die Katze verschluckt oder sie sich in Luft aufgelöst hätte. Manchmal trennt sie sich von ihrem Schatten, der sich wiederum von seinem Schatten löst, und so geht das weiter, eine Invasion von Schattenkatzen, die auf Bäumen hocken, an Mauern entlang und über die Dächer schleichen und sich schließlich wieder zusammenfinden.

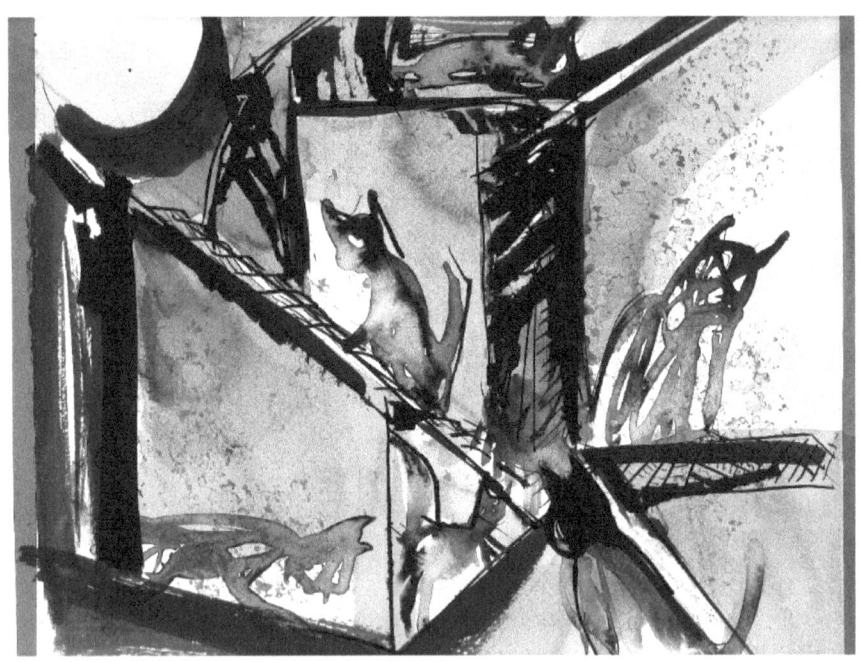

Die Leute fürchten diese unheimlichen Schattenwesen mit ihren glühenden Augen, die aus dem Nichts auftauchen, deren Schreie anders sind als der Schrei einer gewöhnlichen Katze, dumpfe, hohle Schattenschreie - schau mich nicht so verdattert an, Heinrich, all das tut die Katze nur in den Schauergeschichten, die man sich hier erzählt."

„Dann bin ich ja beruhigt. Bin schließlich nicht hierhergekommen, um das Gruseln zu lernen. Und keiner weiß, wer diese Strohkatz gemacht und gebracht hat?"

„Junge Kerle haben immer wieder versucht, es herauszukriegen, haben Wache geschoben, aber nie etwas gesehen, weil sie alle jedesmal eingeschlafen sind, und wenn sie aufwachten, war die Katze da. Sie mag es wohl nicht, wenn man ihr auf die Schliche kommt." Er drückte mir ein Messer in die Hand mit der Anweisung, die Kastanien kreuzweis einzuschneiden. „Hast du auch die Szene mit dem Holzfäller gesehen?"

„Nichts Besonderes, die Holzfällerei gehört ja zum Schwarzwald."

„Aber diese Sache hat einen realen Hintergrund", sagte Augustin, „den kennt hier jeder. Der Strohbauer erinnert an einen Bauern aus Bannholz, der sich - lang ist's her, über hundert Jahre - an Bäumen vergangen hatte."

„Wie vergeht man sich an Bäumen?"

„Man bringt sie um. Verhackstückt sie. Wirft sie ins Feuer."

„Aber Bäume sind keine Menschen, die man töten könnte."

„Es waren, sagt man, herrliche, uralte Bäume, weise, ehrwürdige, ausgeprägte Persönlichkeiten. Im Frühjahr umschwärmt und umsummt von Bienen, Vögel haben in den Zweigen genistet, darunter war eine Bank zum Innehalten, Schauen, Plaudern, Träumen. Man hat sie geehrt, geachtet und gepflegt, man hat sie gegrüßt, wenn man an ihnen vorbeigegangen ist, und die Bäume, heißt es, haben die Grüße erwidert mit leichtem Neigen der Zweige und Rauschen der Blätter. Mensch und Baum verstanden und respektierten einander."

„Müssen eine poetische Ader gehabt haben, diese Bäume."

„Kein Mensch hat je daran gedacht, ihnen etwas anzutun. Eines Tages, das ganze Dorf vergnügte sich auf der Kirchweih, hat der Bauer alle umgehauen. Hat ihm viel Geld gebracht."

„Und das haben die Leute sich gefallen lassen?"

„Er war einflussreich und jähzornig, einer, mit dem sich keiner gern anlegte. Auch ihn hat man im Moor gefunden, beide Arme ragten aus dem Schlick, obendrauf lag seine Mütze. Du kannst ihn wie die andern Moorleichen im Heimatkundemuseum in Bonndorf bewundern."

„Aber was hat ihn ins Moor getrieben? Die erzürnten Dörfler? Oder das schlechte Gewissen?"

„Die Bäume."

„Was für ein hanebüchener Unsinn."

„Denk an die Glocke, die im Traum hinter dir hergerannt ist!"

„Willst du damit sagen, dass - aber die Bäume waren doch längst hin. Abgesägt. Verhackstückt. Verheizt."

„Was sie nicht daran gehindert hat, ihn zu verfolgen. Sie waren hinter ihm her. Stell dir vor, du seist dieser Mörder. Dunkel ist's, doch der Mond scheint hell, da sind sie wieder, die Toten, die Bäume, sie kommen auf dich zu, von allen Seiten, Schritt für Schritt, du hörst das klatschende, schmatzende Geräusch, mit dem sie ihre Wurzeln aus der Erde ziehen und hinter sich herschleifen, du siehst sie näherrücken, die Wurzeln immer wieder in den Boden senken und herausziehen, Zweige und Äste nach dir ausstrecken. Von allen Seiten kreisen sie dich ein, wie die Bäume im Wald von Durham den *Macbeth* ... Du vertropfst deine Hose, Heinrich!"

Dass ich mir in den Finger geschnitten hatte, verdankte ich seiner wahrhaft unheimlichen Schilderung, sagte ich und ließ mich verpflastern. „Ich kenn meinen Shakespeare. Es waren Soldaten, die Zweige und Äste über sich hielten, um mich - um Macbeth zu erschrecken und eine Weissagung zu erfüllen: Er werde stürzen, wenn der Wald von Durham gegen ihn vorrücke."

„Niemand hier bezweifelt, dass unsere Bäume echte Bäume gewesen sind", sagte Augustin.

„Und du?"

„Ich bezweifle nicht, dass die Leute es glauben. Der Mörder gerät in Panik, rennt schreiend vor Angst ins Moor, sie hinter ihm her, und dann - Bäume, sagt man, sind wie Elefanten, die vergessen nichts."

„Also Gespensterbäume? Oder Baumgespenster?"

„Was man glaubt, das sieht man auch."

„Nichts als banaler Aberglaube."

Man könne auch was anderes darin sehen, sagte Augustin ruhig, eine Ahnung, eine Erinnerung an etwas, das in alten Zeiten kein Aberglauben gewesen sei. „Bäume sind nicht einfach nur Bäume. Die nordischen Sagen kennen die Weltesche Yggdrasil, ihr Stamm und ihre Zweige reichen weit in den Himmel, ihre Wurzeln bis tief in die Erde. Sie verbinden die hellen und die dunklen Bereiche unserer Welt miteinander. Ich stell mir vor, dass jeder von uns so einen Baum in sich trägt, der seine hellen mit seinen dunklen Seiten verbindet."

„Ich trage in mir ein Herz, eine Leber, eine Lunge, einen Magen und einiges Gedärm", sagte ich. „In mir wächst kein Baum. Genug Kastanien?"

„Es reicht. Und der Ort, an dem die Bäume stehen, ist mehr als ein beliebiger Ort. Früher hat man von heiligen Hainen gesprochen. *Und in Poseidons Fichtenhain, tritt er mit frommem Schauder ein,* so steht's in den *Kranichen des Ibykus.* Der fromme Schauder galt den Naturkräften - für die alten Völker göttliche Wesen. Gott war in den Bäumen. Die Donareiche war nach germanischem Glauben dem Gott geweiht. Bonifatius hat sie umgehauen, dann wurde er umgehauen - und heiliggesprochen. Unser Baummörder bekam keinen Heiligenschein, der verschwand im Moor. Manchmal ist auch etwas in ihnen, das nicht Gott ist. Etwas Finsteres, Erschreckendes, Dämonisches, die Bäume haben Gewalt über Menschen, ziehen sie an, können Zeuge eines Verbrechens werden - denk an die Judenbuche der Droste, denk an Fontanes Birnbaum - und lassen sie nicht mehr los."

„Und was denkst du, Augustin?"

„Für mich sind Bäume lebendige Wesen, denen man mit Achtung begegnet. Ich kenne eine alte Bäuerin, die spürt sofort, ob ein Baum einen mag oder nicht."

„Woran merkt sie das?"

„Sie legt das Ohr an den Stamm, sie hört das Geräusch, das seine Säfte machen, wenn sie bis in die feinsten Verästelungen strömen. Fließen sie ruhig und gleichmäßig, geht es dem Baum gut. Ist der Fluss gestört, blockiert, unregelmäßig, stimmt etwas nicht."

„Das sagt mein Kardiologe auch, wenn er mich abhört."

„Es sei, so meine Bäuerin, wie wenn der Atem oder der Herzschlag stocke. Heute lebt er wieder auf, der alte Glaube, Bäume seien fühlende, mitfühlende Geschöpfe, die sich gegenseitig helfen, wenn Not am Baum ist, die über ein weitverzweigtes Wurzelnetzwerk miteinander in Verbindung stehen, die ihre Nachbarn mögen oder auch nicht. Buchen halten Abstand zu ihren Mitbäumen, sie wollen ihre Ruh, auch vor dauerzwitschernden Vögeln und keckernden Eichhörnchen, drum ist es in Buchenwäldern oft so still. Menschen protestieren gegen den zunehmenden Kahlschlag und die maßlose gierige Abholzerei der Gemeinden und Forstämter, die manchen schönen kleinen Kurpark abholzen, um an seiner Stelle einen Supermarkt hinzustellen. Ein Dichter hat aus der Geschichte eine Moritat gemacht, ein fahrender Sänger hat diese schauerlich bebildert und ist damit über die Jahrmärkte gezogen. Mal sehen, vielleicht krieg ich den Anfang noch zusammen." Augustin baute sich vor mir auf, fuchtelte mit dem Schürhaken auf einem imaginären Plakat herum und legte los:

„Hört ihr Leut und lasst euch sagen,
was sich einst hat zugetragen:
An einem Ort, der nicht genannt,
aber allen wohlbekannt,
geschah vor Zeiten was ich schilder
mit Worten, seht hierzu die Bilder!
Dort standen Bäume groß und mächtig
alt und prächtig,
stolz und schön,
schönre hat man nie gesehn.
Kam ein Bauer voller Gier,
sagte sich: die hol ich mir,
hau sie um, mach sie zu Geld,
denn das Geld regiert die Welt.
Die Tat bekam dem Mörder schlecht,
die Toten haben sich gerächt,
haben ihn ins Moor getrieben
von ihm ist nichts mehr übriggeblieben.
Und die Moral von der Geschicht:
Schänd, o Mensch, die Bäume nicht.
Wer solches tut, den flieht das Glück.
Die Natur, sie schlägt zurück ...

Den Rest krieg ich nicht mehr zusammen. Bist du ihm begegnet?"

„Dem Baummörder? Spukt der auch hier herum?"

„Unserem Raben. Der taucht immer auf, wenn die Schneepfähle in den Boden gesteckt werden. Er hält sie für sein persönliches Eigentum, besitzt sie einen nach dem anderen und verscheucht jeden Kollegen, der es wagt, sich auf einem niederzulassen."

„Ja, den hab ich gesehen. Er muss gemerkt haben, dass ich zwei Gläser Glühwein intus hatte, denn er fragte teilnahmsvoll, wie es mir gehe. Und dann ist er, ohne meine Antwort abzuwarten, einfach verschwunden."

Der Rabe, sagte Augustin, sei hier bekannt wie ein bunter Hund, der rede immer so blöd daher. „Vielleicht hat auch er an einem Glas Glühwein genippt. Raben vertragen bekanntlich nicht viel. Nach nur einem Schluck ist der besoffen."

Ich offenbar nach zweien, dachte ich. Vom grünen Funkenregen sagte ich lieber nichts.

Die Kastanien waren köstlich. Augustin pulte die gerösteten aus der Schale, legte sie auf einen Teller, dazu gab's frisches Brot und einen wunderbar samtigen Merlot.

Dann fiel mir das Grab wieder ein, das wir begossen hatten.

„Wer liegt drin, Augustin?"

„Weißt du doch. Josef Bobst, der Onkel meiner Zeitungsfrau."

„Mütterlicherseits, ja. Und was war denn nun so ungewöhnlich an dem darin hoffentlich in Frieden Ruhenden, dass du es mir verschweigen wolltest?"

„Aus Sorge um deinen Seelenfrieden", sagte Augustin ernst.

„Der ist stabil, ich bin auf alles gefasst. Also sprich!"

„Dieser Mensch war eine ungeheuer anziehende Persönlichkeit."

„Die Frauen sind ihm nachgerannt?"

„Nein."

„Also die Männer? Aber das ist nun wirklich nichts Besonderes mehr."

„Weder, noch. Es war der Blitz, der ihm nachgerannt ist. Er wurde dreimal in seinem Leben geblitzt, aber jedesmal nur leicht verletzt. Schließlich bekam er den Verfolgungswahn und segnete, um dem Blitz endgültig den Spaß zu verderben, das Zeitliche. Aber sowas kann man mit einem Blitz nicht machen. Während der Beerdigung schlug Nummer vier in seinen Grabstein und spaltete ihn. Deshalb die Antenne, damit das nicht nochmal passiert und er endlich seine Ruh hat."

„Augustin!!!" Ich verschüttete etwas Rotwein. „Was hat der arme Kerl dem Blitz getan?"

Er streute Salz auf den Fleck. „Etwas in ihm muss den Blitz angezogen haben. Vielleicht hatte der gute Mann auch eine besonders hitzige, feurige Natur, oder er hat sich schrecklich gefürchtet - ein Wunsch, eine Sehnsucht, oder eine Furcht kann

Dinge anziehen. Das passiert nicht immer und nicht in jedem Fall, aber es kommt vor, wenn man erregt ist oder entsetzt oder aufgewühlt, himmelhoch jauchzend oder zu Tode betrübt."

Ich spülte den Blitz mit einem großen Schluck hinunter. Dann fiel mir ein, da könne was dran sein. Mein Großvater hatte auch ständig irgendwelche Dinge angezogen. „Schwamm auch nur ein einziges Haar in der Suppe - er hats gefunden. Versteckte sich ein Steinchen im Salat - er biss drauf. Hatte der Fisch eine Gräte - sie lag nur ihm quer im Hals."

Der Fall des Mannes, für den der Blitz eine Vorliebe hatte, sagte Augustin, sei übrigens berühmt geworden. In dem Buch *Der Zufall und das Schicksal* von Wilhelm von Scholz könne ich es nachlesen. Der Autor spreche von der *Anziehungskraft des Bezüglichen.* Man ziehe etwas an, zu dem man eine Beziehung habe, im Guten oder im Bösen. „Die Angehörigen haben sich furchtbar zerstritten, einige witterten ein Geschäft und wollten ein bescheidenes Besichtigungsgeld für Grab und Grabstein erheben, aber die meisten fanden das pietätlos. Auf Wunsch der Familie hat der Autor nur den Namen des blitzgeschädigten Onkels verschwiegen."

Dann war die Flasche leer, und Augustin teilte mir mit, ich könne leider gottlob auch morgen nicht fahren, der Mechaniker habe seine Grippe noch nicht auskuriert, er lasse den Marder lieb grüßen und wünsche ihm weiterhin zum Wohle von Herrn Nicolosis Werkstatt einen gesegneten Appetit.

Also noch eine Nacht. Ich nahm's mit Fassung. Augustins Weinkeller war gut bestückt, mein Nachholbedarf nach der Fasterei enorm, die Gegend wie im Bilderbuch und seine Geschichten über Land und Leute und ihre Gespenster amüsant mit leichtem Gruseleffekt. Jedenfalls amüsanter als alles, was Pater Anselm Grün, der Gute, uns erzählt hat. Aber sie waren nicht nur amüsant, es war in ihnen auch etwas Dubioses, das mich verunsicherte, und, ich geb's zu, verstörte, weil ich nicht wusste, wie ich als vernünftiger Mensch damit umgehen sollte.

„Du gähnst, Heinrich!"

Die Anziehungskraft meines Bettes, sagte ich, sei gewaltig.

„Dann schlaf wohl. Und träum was Schönes!"

*

Bevor ich mich zurückzog, betrachtete ich noch einmal das kleine Bild überm Kamin. Und dann bemerkte ich, was mir beim ersten Anblick entgangen sein musste, weil es so klein war, dass ich es für einen dunklen Fleck gehalten hatte. Nun sah ich in unglaublicher, eigentlich unmöglicher Deutlichkeit und Schärfe, und sah es trotzdem mit allen winzigen, sonst nur mit einer Lupe sichtbaren Details: Unter dem Dachreiterchen der Kapelle kauerte sprungbereit mit gesträubten Schwanzhaaren eine winzige, kaum daumennagelgroße schwarze Katze. Mit Gluhaugen starrte sie auf die drei gurrenden - ich glaubte, ein Gurren zu vernehmen - Täubchen auf dem First, die sie nicht zu bemerken schienen und sorglos herumturtelten.

„Ab in die Federn!" befahl ich mir, „erst der Glühwein, dann der Merlot - du wirst hier zum Säufer, Heinrich. Und irgendwann schluckst du auch noch, was Augustin dir alles auftischt."

*

Als ich im Bett lag und durchs Fenster die Sterne an einem schon fast winterlichen Himmel funkeln sah, hörte ich plötzlich ein Brausen. Es kam von den Wäldern draußen, aber nicht von denen eines freundlichen, idyllischen Schwarzwalds, es kam aus den uralten ungeheuren Wäldern der silva nigra, es klang wie Wellengebraus, wie ein Brandung, die gegen das Ufer donnert. Dann brach es plötzlich ab - und inmitten der Stille hörte ich einen langgezogenen Schrei, den Schrei eines Menschen oder einer Katze, ihre Schreie klingen ja ähnlich, voll Sehnsucht und Inbrunst - Gefühle, die mich als eher nüchternen Menschen nie bewegt hatten. Verlassenheit lag darin, Ungezähmtheit, eine urtümliche Wildheit. Etwas war aus dem Dunkel des alten Waldes oder der Tiefe des Moors gekommen, schlich sich heran in finsterer, böser Absicht ...

Dann setzte das Windgebraus wieder ein, es kam näher, und im Brausen hörte ich meinen Namen, jemand, etwas rief nach mir, zerrte an mir ...

*

Eine weite Ebene, felsiges, schwermütiges Moorland, das sich bis zum Horizont erstreckt. Darin zerstreut verwitterte Steinbrocken, uralte Findlinge voller Flechten und grauem Moos. Kalter Wind fegt über niederes Gestrüpp, Heidekraut, dürres braunes Gras. Weder Morgen noch Abend, weder Tag noch Nacht. Seltsam diffuses, auf- und abschwappendes Zwielicht, ein fahlgrünes Gewoge wie unter Wasser. Am Himmel jagen sich Wolkenfetzen, Wolkenfelder schieben sich ineinander, fressen sich auf. Ein Mond, der sich in einem schwarzen Moortümpel spiegelt. Beide Monde grinsen boshaft. Über mir zieht ein gewaltiger Vogel seine Kreise. Vor mir tief eingedrückte Spuren, denen ich folge, folgen muss, weil etwas mich antreibt, dem ich nicht widerstehen kann. Die Spuren enden im Nichts. Ich schau auf. Steh vor einer riesigen schwarzen Katze. Um sie herum ein düsteres Wabern, ein Glosen, ein finsterer Schein. Sie starrt auf mich herunter mit Menschenaugen. Hebt die Pfoten, bewegt sie auf und ab.

„Seit hundert und hundert und hundert Jahren wart ich auf dich."

„Auf dich!" grinst der obere Mond.

„Nur auf dich", echot der Spiegelmond.

„Hab dich hergeträumt. Hab dich gerufen in der Nacht. Hab dich mächtig angezogen. Hab gewusst, du kommst. Du konntest nicht anders. Der Traum ist aus."

„Aus der Traum." Der obere Mond glotzt hämisch.

„Aus!" echot der Spiegelmond.

„Nun bist du da. Bist wiedergekommen übers Moor. Wie in der alten Zeit. Weißt du's noch? Du gehörst mir. Mein Geliebter. Mein allergeliebtester Liebster. Ich will dir wie damals Geschichten erzählen, uralte, irre und wirre, grünleuchtende, moorige, versunkene Geschichten, die keiner mehr kennt, keiner mehr versteht, keiner mehr glaubt. Nur du. Und du wirst singen, wie du gesungen hast, atemlose, feurige, erregende, wilde Gesänge, und wir werden es toll treiben und schreien und fauchen und uns fetzen und kratzen und uns jagen und …"

Panik ergreift mich, schüttelt mich, ich will nicht ihr Liebster sein, will nicht singen, nicht fauchen und es wild treiben mit ihr schon gar nicht. Ich weiß, ich muss nur das Wort sagen, das uralte Zauberwort, dann bin ich gerettet, dann hat sie keine Macht über mich, dann ist sie weg, dann versinkt sie im Moor, aber das Wort fällt mir nicht ein. Ein Donner donnert es, ein Blitz zickzackt es an den Himmel, über mir der Riesenvogel krächzt es mir zu, aber ich kann es nicht hören, nicht lesen, das gedonnerte, geblitzte, das gekrächzte Wort ...

Sie hebt die Pfoten, zwischen den Pfoten gähnt im Körper ein Loch. Sie fährt ihre Sichelkrallen aus, die schieben mich näher zu ihr, ich hab keine Wahl, ich krieche, um den Krallen zu entkommen, durch die Öffnung in sie hinein. Sie legt den Schwanz vor das Loch. Stöpselt es zu. Ich kann nicht mehr hinaus. „Ich bin dein", kreischt die Katze, „du bist mein, musst für immer drinnen sein." Mir ist heiß. Dumpf und eng und heiß. Ich krieg keine Luft mehr, ich ersticke, schreie, aber ich schreie lautlos, ich hör meinen Schrei nicht, meinen stummen Schrei, aber einen anderen Schrei hör ich, den des Kuckucks, der in der Uhr mit den schönen Schnitzereien neben der Tür sein Nest gebaut hat, der blöde Vogel kann nicht aufhören, er schreit aus vollem Hals. „Halt den Schnabel!" brüll ich ihn an. „Kuck ..." schreit der Vogel, macht den Schnabel zu und verschwindet im Häuschen.

Am dritten Tag

Sensationeller Fund auf der Bühne von Haus Tannenbaum. Finstere Machenschaften des hochwürdigen Fürstabts von St. Blasien. Die Heilige Familie und ihr Esel. Drei Dichter: ein weltberühmter und zwei weniger weltberühmte. Die Quantenkuh. Einstein spinnt. Kloster in Flammen. Mitternächtliche Apfelküchleorgie. Ein Engel spielt falsch. Ida Boy-Ed im Doppelpack

„Keine Kantate heut Morgen, Augustin?"

Die heutige habe er schon, und zwar in sieben verschiedenen Fassungen - Richter, Gardiner, Haiting, Jacobs ... „Keine Glocken heut Nacht, Heinrich?"

„Nein. Aber die Moorkatz. Ich war ihr Liebster, ihr alter Geliebter, mit dem sie es getrieben hat vor langer Zeit - was ich nie von mir gedacht hätte, ein besonders leidenschaftlicher Liebhaber oder Casanova war ich nie. Sie sah aus wie die Strohkatz vom Bauernmarkt. Ich bin in sie hineingekrochen, und wenn dein Kuckuck mich nicht wachgeschrien hätte, würde ich jetzt noch drin schmoren. Bin ganz nassgeschwitzt. Warum träum ich sowas?"

„Offenbar hat sie dich schon so fest im Griff, dass du ganz auf die Katz gekommen bist."

„Dein Kuckuck hat übrigens sofort beleidigt den Schnabel zugemacht, als ich ihn angebrüllt hab."

Mit dem, sagte Augustin, müsse man Tacheles reden, sonst höre er gar nicht mehr auf. Ich hätte offensichtlich Fähigkeiten, die mir bisher verborgen gewesen seien. „Du machst Fortschritte, Heinrich. Wie willst du dein Frühstücksei?"

„Weich. Drei Minuten, wenn's geht."

„Aber zuerst fragen wir die Hühner, ob sie welche gelegt haben. Die wohnen gleich um die Ecke."

∗

Auf dem Rückweg von den Hühnern hielt Augustin in Heppenschwand vor einem schönen alten Schwarzwaldhaus. „Haus Tannenbaum", sagte er fast wehmütig. „Tannenbaum hieß einer der Besitzer, ein Kunstsammler, er hat den Tannenbaum in die Haustür geschnitzt und ihn so verewigt. Der letzte Eigentümer, sein Neffe - ich hab ihn und seine Frau gut gekannt, wir haben manche Flasche badischen Rotweins miteinander geleert, ist leider vor einem Jahr gestorben. Er war der beste Rilke-Kenner im ganzen Land. Man konnte die beiden oft sehen, wie sie, ins Gespräch vertieft, im Garten um den wilden Kirschbaum herumwandelten."

„Den Professor und seine Frau?"

„Den Professor - er hatte ein enzyklopädisches Wissen, ein kühnes Profil, eine weiße Mähne und ein wildes Temperament -, wie er, heftig herumfuchtelnd, den zarten Dichter sich selbst erklärte, der, eher still und in sich gekehrt, ab und zu schüchtern nickte und sich offenbar nicht traute, den Mund aufzumachen."

„Darf ich dich darauf hinweisen, dass auch Rilke schon längst nicht mehr unter uns weilt."

„Das habe weder ihren Mann gestört noch Rilke, sagte seine Frau. Das Haus steht zum Verkauf. Wenn du's haben willst ... Auf dem Dachboden lag sie."

„Lag wer?"

„Eine der verschollenen Bachkantaten, die ich erwähnt hab."

∗

Nach dem Frühstück:

„Erzähl schon, Augustin! Was ist mit dieser Kantate?"

91

„Es wird dich ziemlich durcheinanderbringen, Heinrich."

„Noch mehr als deine bisherigen Geschichten wohl nicht."

„Gut, also auf deine Verantwortung ... Mitte des neunzehnten Jahrhunderts war Haus Tannenbaum im Besitz eines Pfarrers, den es aus dem Sächsischen in den Schwarzwald verschlagen hatte. Etwa hundert Jahre zuvor, also um 1760 herum, verhökerte diesem ein genialischer, verlotterter und immer klammer Musiker - er pflegte mit einem gewaltigen Schlapphut herumzulaufen - für einen Apfel und ein Ei ein paar Notenblätter."

„Du bist dabeigewesen?"

„Es steht in einem Brief dieses Urgroßvaters an seinen Sohn, der den Brief mitsamt beigefügten Noten wiederum seinem Sohn vermachte, der ihn ebenfalls - so landeten Brief und Noten auf dem Dachboden von Haus Tannenbaum."

„Und dieser Schlapphutmusiker ...?"

„Auf Friedemann, einen der Bachsöhne, trifft die urgroßväterliche Beschreibung zu. Er hat, wie man weiß, tatsächlich Manuskripte seines Vaters angeboten, wenn er wieder mal knappp bei Kasse war. Außerdem kenn ich die Noten." Augustin stand auf, griff sich ein Buch aus der meterlangen Reihe Musikbücher, schlug eine Seite auf und hielt sie mir vor die Nase: ein Portrait des Thomaskantors. „Elias Gottlob Haußmann hat es 1748 gemalt. Bach hält, wie du siehst, ein Notenblatt in der Hand. Die Noten entsprechen denen auf dem ersten Blatt, das mit einigen anderen auf dem Dachboden von Haus Tannenbaum vor sich hin moderte."

„Aber wie bist du dazu gekommen?"

„Ich fand die Noten, als ich zusammen mit meinem Freund, dem Rilkeprofessor, nach dem Siebenschläfer suchte, der ihm und seiner Frau nachts auf dem Kopf herumzutrampeln pflegte. Sie lagen zusammengerollt in einem alten Milchtopf. Er hatte nichts dagegen, dass ich sie mitnahm, um sie Experten zu zeigen, den

Herren Wolff, Gülke und Martin Geck, alles ausgewiesene Kenner des Thomaskantors, die hier im obersten Regal stehen und manchmal so heftig miteinander streiten, ob die große *Toccata und Fuge für Orgel* ein echter oder ein falscher Bach sei, dass ich um Ruhe bitten und sie in den Senkel stellen muss."

„Und was haben die drei gesagt?"

„Nichts. Denn einige Tage danach gab es ein Konzert im ehemaligen Kloster St. Blasien - wie's der Zufall will, oder vielleicht war's auch kein Zufall - Arien und Kantaten von Bach. Über eine breite schöngeschwungene Treppe mit schmiedeeisernem Geländer gelangt man in den kleinen Konzertsaal, vorbei an Gemälden, die die ehrwürdigen Äbte des Klosters zeigen - eine etwas langweilige, aber äußerst würdevolle Versammlung. Ein Bild kannte ich gut, es zeigt Martin Gerbert, den letzten Fürstabt von St. Blasien ..."

„Der die beiden Weschneggs gegründet hat?"

„Derselbe. Gekleidet in ein schwarzes Gewand, auf dem Kopf eine dunkle Kappe, in der Hand eine Papierrolle, wie er eindringlich, mit leicht skeptischem Blick den Betrachter mustert. Dieser Abt ist eine interessante und hierzuland berühmte Persönlichkeit."

„Die du, wie ich dich einschätze, mir zulieb erfunden hast."

Er erfinde grundsätzlich keine Äbte, sagte Augustin, er habe schließlich der Theologie abgeschworen. „Der hochwürdige Herr hat selbst zugegeben, es habe ihn große Mühe gekostet, seine leidenschaftliche Liebe zu einer Frau in Schranken zu halten."

„Es muss an der Gegend liegen", sagte ich, an den nächtlich im wahrsten Sinn des Wortes lustwandelnden geistlichen Kater des Klosters Bierbronnen denkend. „Die Äbte hierzuland scheinen das Zölibat für vernachlässigenswert gehalten zu haben."

„Unser Fürstabt war verliebt in Frau Musica. Er hat, wie du bei Wikipedia nachlesen kannst, eine beachtliche dreibändige Geschichte der mittelalterlichen Musik geschrieben, ein veritables Grundlagenwerk, und mit Christoph Willibald Gluck und Padre Martini in Rom, der die Sixtinischen Chöre leitete, gefachsimpelt. Der musikalische Abgott des erzkatholischen Kirchenfürsten aber war der erzprotestantische Komponist Johann Sebastian Bach. Abt Gerbert suchte geradezu besessen nach verschollenen Bachkantaten, seine Leute wühlten in Speichern, Truhen, Sakristeien, Bibliotheken - wo immer man glaubte, dass sich eine versteckt haben könnte ...

Das Konzert war ein Genuss. In Hochstimmung ging ich die Treppe hinunter. Dann stach mich der Hafer, und ich hielt vor dem Bild unseres Fürstabts kurz an. ‚Euer Gnaden', sagte ich aufgekratzt und, ich geb's zu, nicht ohne einen gewissen Triumph in der Stimme, ‚ich hab eine der Bachkantaten, hinter denen Sie immer her waren, das wollte ich Ihnen nur kurz mitteilen. Gut' Nacht und ruhen Sie sanft!' Drehte ihm eine lange Nase und fuhr gutgelaunt heim."

„Und?"

„Die Noten waren weg."

„Ein Einbrecher?"

„Nein. Er."

„Wer?"

„Seine Hochwohlgeboren, der Fürstabt."

„Augustin!"

„Ich wusste natürlich sofort, wohin der Hase gelaufen war - vielmehr die Noten. Am nächsten Morgen fuhr ich in aller Herrgottsfrüh wieder nach St. Blasien und stand vor Martin Gerberts Bild. Er hielt, wie am Abend zuvor, die Rolle in der Hand. Aber sie war nicht leer, nicht weiß. Da waren Noten - die gleichen wie auf dem ersten der Blätter, die auf dem Dachboden meines Freundes gelegen hatten. Die gleichen wie auf dem Bachportrait Haußmanns. Und bevor ich den Mund aufmachen konnte, hörte ich

94

seine Stimme, eine leise, sanfte, gütige Stimme: ‚Mein Sohn, ich hab eine der Kantaten, hinter denen Sie immer her waren. Mein Bach gehört mir. Das will ich Ihnen nur kurz mitteilen. Gott segne Sie, und tragen Sie's mit Fassung!'

Sein liebenswürdig-fieses Lächeln werde ich nie vergessen …

Ich hab Freunde vor das Bild geschleppt, hab gefragt, was der Fürstabt in der Hand halte. Eine weiße Rolle, hörte ich. Wie immer. Ich aber sah die Noten, so deutlich und klar wie die anderen das leere Papier. Ich sah sie offenbar als einziger."

„Dann gibt es, wenn ich dich recht verstehe, Augustin, also zwei Porträts. Das von Haußmann in deinem Musikbuch zeigt Bach, das im Kloster den bachverehrenden Fürstabt, und beide halten die gleichen Noten einer verschollenen Bachkantate in Händen. Ein starker Tobak, den du mir da zumutest!"

„Ja, nicht wahr? Und da aller guten Dinge drei sind" … Er holte eine Zeitschrift aus dem Bücherschrank, *Allgemeine deutsche Bibliothek* hieß sie, und schlug eine Seite auf. „Hier ein drittes Bild unseres Gottesmannes, ein Kupferstich des Mannheimer Künstlers Egid Verhelst. Neben dem fürstabtlichen Porträt siehst du den Hirtenstab, die Abtsmütze - was siehst du noch, Heinrich?"

„Du meinst das kleine Ding weiter hinten? Sieht aus wie eine winzige Katze."

„Wir haben also", sagte er, „einen Abt, eine Musik und eine Katze. Achtzehntes und neunzehntes Jahrhundert. Was haben wir noch?"

„Keine Ahnung. Oder - wart mal: Wir haben auch einen anderen Abt, eine andere Musik und eine andere Katze. Dreizehntes Jahrhundert."

Augustin sah mich triumphierend den. „Und?"

„Willst du andeuten, es könnte einen Zusammenhang geben? Hübsche Idee", sagte ich und kombinierte munter drauflos: „Unser Fürstabt, verbandelt mit Frau Musica, ist die Reinkarnation jenes vor neunhundert Jahren mit einer Nonne verbandelten Bierbronner Abtes, welcher ihr als liebestoller roter Kater keine frommen, sondern brünstige Lieder gesungen hat. Was mich ungemein erleichtert, denn jetzt bin ich aus dem Schneider raus. Hatte ich doch heut nacht den Eindruck, die Katze halte in einem Zustand von Altersverwirrung mich für ihren einstigen Galan. Aus feurigen Liebesliedern wurden fromme Kantaten, und die wilde schwarze Katze ist zu einem harmlosen Kätzchen geschrumpft. Vielleicht rückt der hochwürdige Herr sie ja wieder heraus. Nicht die Katze, sondern die Noten."

Der denke nicht dran, sagte Augustin grimmig, vermutlich lasse er sie sich von Himmlischen Chören vorsingen und reibe sich die Hände.

„Und du glaubst, dass ich das glaube?"

„Du nicht. Avicenna hätte es geglaubt."

„Avicenna?"

„Ein arabischer Philosoph, der um das Jahr Tausend nach Christus in seinem sechsten Buch, den *Naturalia* schreibt, ich sag's mit seinen Worten, *dass der menschlichen Seele eine gewisse Kraft innewohne, die Dinge zu verändern, dass diese ihr untertan seien. Und zwar dann, wenn sie in einem großen Exzess von Liebe und Hass und Leidenschaft oder etwas Ähnlichem hingerissen werde. Dann könne man feststellen, dass der Mensch die Dinge magisch binde und sie in eben der Richtung verändere, wonach er strebe ...*"

„Und was will Avicenna damit sagen?"

„Dass Martin Gerberts Leidenschaft für Bachkantaten größer gewesen ist als jede andere. Er war so besessen von ihnen, dass er meine Kantate magisch an sich gebunden hat. Jetzt hat er sie, und ich bin sie los. Hol ihn der Teufel!"

Ich verkniff mir jeden Kommentar.

„Und jetzt", sagte Augustin, „machen wir einen Katzensprung. Nach Amrigschwand."

Der Weiler bestand nur aus ein paar Häusern. Aber am Ortsende gab es die Gärtnerei Walz. Augustin bat den Gärtner, noch vor Wintereinbruch die Kiefer hinterm Haus umzulegen, bevor die ihm aufs Dach falle. Er sei ein Genie, erklärte Augustin mir später, das dem zu fällenden Baum immer mitteile, wohin er zu fallen habe, und dieser falle brav bis auf den Zentimeter in die gewünschte Richtung. Aber zwischen Amrigschwand und Höchenschwand habe sich in alter Zeit Erstaunliches zugetragen.

„Hier hat sich alle naslang Erstaunliches zugetragen", sagte ich.

„Die heilige Familie war nämlich schon mal in der Gegend."

„Das muss den vier Evangelisten entgangen sein."

„Die Bibel, wie man sie kennt, ist eine fürs einfache Volk gereinigte Ausgabe. Also: Die heilige Familie ist auf der Flucht vor Herodes. Die Soldaten kommen immer näher, der Esel lahmt, er muss ja Mutter und Kind tragen. Joseph, nicht mehr der Jüngste, lahmt ebenfalls, er keucht und schnappt nach Luft, das Kind plärrt, macht in die Windeln, die Mutter weint. Aber wo Gefahr ist, wächst bekanntlich auch das Rettende, der Himmel lässt die Seinen nicht im Stich. Wenigstens soll das gelegentlich vorkommen. Eine unsichtbare himmlische Hand packt Mensch und Tier, hebt sie in die Lüfte und setzt sie auf einem Felsen ab zwischen Amrigschwand und Höchenschwand."

„Aber beide Orte gab es damals noch gar nicht."

„Das ist der himmlischen Hand egal. Ein Eselsbein schlägt so hart auf dem Stein auf, dass der Huf sich darin eingräbt, was heut noch zu sehen sein soll, aber nicht zu sehen ist, weil kein Mensch weiß, wo besagter Fels rumliegt. Als die Gefahr vorbei ist, greift die rettende Hand wieder zu und schafft die fünf nach Ägypten. Den Rest kennt man."

„Aber da frag ich mich doch: Warum hat die rettende Hand sie ausgerechnet hierher verfrachtet, da gab es doch Näherliegendes."

„Ich vermute, damit zweitausend Jahre später der hiesige Frem-
denverkehrsverein die Geschichte verwursten kann. In der steckt
gewaltiges Potential, das unsere mit herausragender Phantasie-
losigkeit ausgestatteten Tourismusämter sich leider entgehen lassen. Der Esel könnte zu einem Goldesel werden. Man nehme
einen schönen dicken Felsbrocken auf einer Wiese, mache eine
Delle hinein, eine Vertiefung, ein Loch - fertig wär der Huf-
abdruck. Das Ganze in klein könnte man als Briefbeschwerer
verwenden oder fürs Blumenfenster."

Dann setzte Augustin mich ab, er fahre allein nach Hause, ich
müsse mir unbedingt etwas Bewegung machen und jemanden
besuchen, der für Höchenschwand enorme Bedeutung habe. Es
werde Zeit, Ida kennenzulernen.

„Ida?"

„Du spazierst nach Höchenschwand, den Weg parallel zur Bundesstraße kennst du ja, linkerhand gibt es die Bergwacht, dahinter
versteckt sich ein Wasserbecken, in dem du, wenn's dir nicht zu
kalt ist, im Storchenschritt herumkneippen kannst. Von dort aus
führt ein bequemer Rundweg, den auch die Hunde lieben, pass
auf, wo du hintrittst, an der schiefbedachten Marienkapelle vorbei,
in der fromme Traktätchen ausgelegt sind, von denen du dir eins
nehmen kannst, aber nicht musst, zum Loipenhaus und zurück
zum Ausgangspunkt. Auf halbem Weg triffst du Ida."

„Geht die auch dort spazieren?"

„Dazu wär sie zu alt."

„Aber dann kann sie doch nicht kommen."

„Ida ist immer da. Übrigens kennst du sie schon."

„Ich? Ida? Unsinn!"

„Ihr Porträt hängt in Claras Zimmer. Sie verehrt Ida, manchmal
spricht sie sogar mit ihr."

„Mit ihr?"

„Ich meine: zu ihr."

„Sehr rätselhaft", sagte ich.

„Ja, Ida ist für viele ein Rätsel."

*

Er saß auf der Bank unter einer Baumgruppe und biss in einen Wecken, dick belegt mit ...

„Hallo Tobias! Haben Sie heut frei? Und was futtern Sie da? Keine Moorkatz?"

„Heißen Fleischkäs mit Senf. Scharf muss der sein, der Senf. In der Mittagspause sitz ich oft hier, da hab ich meine Ruh."

Der Blick ging über die Berge weit. Streifte hier eine Gruppe Häuser mit roten Dächern, dort eine kleine Kirche - Felder - Wiesen - alles schön anzusehn.

„Außerdem besuch ich Ida."

„Das hab ich auch vor. Erzählen Sie mir was über die alte Dame. Wer ist sie, was tut sie, und wo steckt sie?"

Er deutete über sich. An einem der Bäume war eine Tafel befestigt: *Ida Boy-Edd-Platz. Zum Gedächtnis an die große Schriftstellerin, welche oft und gerne in Höchenschwand weilte und hier an ihren Werken schuf.*

Die Tafel war würdig umkränzt von Eichenlaub.

Dass Ida hier weilte und schuf, fand ich sprachlich von altmodischem Charme. „Aber dann schafft und weilt sie wohl nicht mehr", sagte ich. „Kennen Sie die, wie's auf der Tafel verkündet, große Schriftstellerin?"

„Klar. Einen Roman hab ich sogar gelesen, der steht bei meiner Oma im Schrank: *Um ein Weib*. Zwei Männer kämpfen um ein Weib, ein junger und ein älterer. ,Weib' dürft sie heut aber nicht mehr sagen, das darf man auch nicht mehr in der Kirche: *Du bist gebenedeit unter den Weibern*. Heute sind die Weiber Frauen. Ida hat hier aber nicht nur an ihren Werken geschaffen."

„So? Woran noch?"

Er grinste. „An einem Baby. Nach neun Monaten war es fertig."

„Eine Liebesaffäre? Aber das war doch lange vor Ihrer Zeit, Tobias."

„Ja, in der Steinzeit, Ida ist 1852 geboren und 1928 gestorben."

„Donnerwetter. Sowas wissen Sie?"

„Die Oma der Oma meiner Oma hatte in Höchenschwand eine Pension - *Alpenblick* hieß die - und hat Zimmer an Feriengäste vermietet. Ida hat jedesmal bei ihr gewohnt und ihr oft das Herz ausgeschüttet oder ihr vorgelesen, was sie wieder so zusammengeschrieben hat, und die Urururoma" - er leckte den seitlich aus dem Wecken herausquellenden Senf ab - „hat ihren Senf dazu gegeben. Und das Moorkatzenrezept mit Schokoguss, darauf war Ida besonders scharf. Das hat meine Oma auch geerbt, sie backt die Moorkatzen für den Bauernmarkt. Hab ich Ihnen ja erzählt."

Ich lobte überschwenglich die Qualität der großmütterlichen Moorhefekätzchen oder Hefemoorkätzchen.

„Die Ida zog's immer wieder ins Moor. Wegen ihrem neuen Roman, der sollte in einem Nonnenkloster spielen, das steht auf einer Insel im Moor, und es geht darin sowas von zu, und weil es so zugeht, geht es den Bach - nein, das Moor hinunter. Sie hat meiner Ur - Sie wissen schon -, erzählt, sie müsse unbedingt die

Stimmung einfangen, den Geruch, die Geräusche, die Farben, sonst könne sie nicht drüber schreiben. Meine Ur hat Ida manchmal begleitet, damit die nicht ausrutscht und steckenbleibt, dort liegen ja weiß Gott schon genug Moorleichen herum."

„Ob Ida auch der Moorkatz begegnet ist?"
„Einmal ist sie allein dringewesen und ganz verstört heimgekommen. Sie hätt sich immer umgeschaut, weil sie spürte, da sei jemand, irgend eine Anwesenheit, hat sie gesagt, nix Menschliches, sie werde belauert, und manchmal hat sie ein Zischeln, ein

Tappen, ein Rascheln, ein Knacken gehört - oder sich eingebildet. Sie hat sich ins Bett verkrochen, aber nachts hat jemand sie gerufen, und dann dieser Schrei, sie hat nicht gewusst, ob es ein Mensch war oder eine Katze."

Also auch Ida hatte, wie ich, den Ruf vernommen, den Schrei gehört ... das irritierte mich nun doch. „Und was ist mit ihrer Liebesgeschichte?"

„Die Leute haben sich halt das Maul zerrissen. Dass sie ein Kind gekriegt hat. Ein Mädchen. Aber unheimlich ist die Sache mit Ida schon." Er strahlte mich an, als er es sagte.

„Ich weiß, Sie haben eine Schwäche fürs Unheimliche, Tobias."

„In der Schule, in Mathe, hab ich's stinklangweilig gefunden, wenn so eine Formel immer aufgeht. Wenn man weiß, was raus-kommen muss, ödet einen das doch an. Immer dasselbe."

„Ich weiß von jemand, der darunter gelitten hat, dass immer vier rauskommt, wenn man zwei und zwei zusammenzählt", sagte ich.

Tobias grinste. „Das ist ein Onkel von mir. Es liegt in der Fami-lie. Aber mit diesen Geschichten ist es so: Wenn ich nicht weiß, ob man das, was passiert, ganz natürlich erklären kann, oder ob es auch was anderes sein könnte, was Unerklärliches, Übernatür-liches, find ich die Geschichte toll. Es gibt etwas, das man nicht in den Griff kriegt. Dann hab ich das Gefühl, der Boden, auf dem ich steh, ist nicht ganz fest. Wie ist das bei Ihnen?"

„Mein Boden", sagte ich entschieden, „hat nicht zu wackeln."

„Normale Geschichten - das ist für mich wie ein Apfel ohne Säure", sagte er verächtlich, „nämlich fad. Unheimliche Geschich-ten sind Äpfel mit Säure."

„Wo haben Sie diese Lust am Unheimlichen bloß her, Tobias?"

„Von meiner Oma. Bei der war's aber eher lustig als unheimlich. Die konnte Steine fliegen lassen. Einmal ist unser Pfarrer aufge-kreuzt und hat geschimpft, weil ich zu viel Wasser und zu wenig Wein in den Kelch gegossen hab, ich war nämlich Ministrant, da hat sie mit den Fingern geschnippt, und es sind ne Menge Steine von der Zimmerdecke gefallen, einfach so, aber nur um ihn herum. Der ist vielleicht gerannt. Wir haben uns halb tot gelacht, meine Oma und ich. Aber sowas kommt ja öfter mal vor."

„Bei mir zuhause nicht."

„Muss stinklangweilig sein bei Ihnen", sagte er mitfühlend. „Kennen Sie Nosferatu?"

„Den alten Vampir? Nicht persönlich."

„Ich mein den Film. Ich hab nämlich ne große Sammlung von alten Schwarz-weiß-Filmen, meistens Stummfilmen. *King Kong. Der Golem. Das Cabinett des Dr. Caligari.* Am besten gefällt mir *Nosferatu.* Den schau ich immer wieder an. Wenn der Vampir als schwarze Silhouette vorne an Bord eines Segelschiffs steht, das ganz still, totenstill, übers Wasser in den Hafen von Wismar gleitet, mit solchen Fingern" - er krallte die Hände - „krieg ich Gänsehaut. Es gibt ja einen neueren Film, einen Farbfilm, da fließt viel mehr Blut, aber den alten find ich toller, ich seh im Kopf, was ich im Film nicht seh."

„Und was hat das mit Ida zu tun? Warten Sie mal - jetzt hab ich's: Nosferatu ist auch im Tiefenhäuser Moor umhergeschlichen und hat Ida in den Hals gebissen, so dass sie ihm verfallen musste. Der Papa von Idas Töchterlein heißt Nosferatu."

„Kommt nicht in Frage", sagte er entrüstet. „Der alte Blutsauger hat hier im Schwarzwald nichts zu suchen, wir hegen und pflegen unsere eigenen Gespenster. Später ist Ida nicht mehr nach Höchenschwand gekommen. Erst, als sie schon tot war."

„Verstehe. Als Vampirin. Und nun treibt auch sie ihr Unwesen im Moor. Wie diese Nonnen. Und wie diese Katze. Sie beißt und spukt und spuckt. Ich hab das Gefühl, die Moorleichen liegen da drin wie die Sardinen in der Büchse."

Er sah mich empört an. „Das ist kein Jux. Sie ist wirklich als Tote zurückgekommen. Aber spuken tät sie hier nie, da bekäm sie vor sich selber Angst, und sie würd auch nicht spucken, sie hatte gute Manieren. Sagt meine Urururgroßoma." Er stand auf. „Pause zuende. Kann ich nur empfehlen, den Fleischkäs."

„Mit scharfem Senf. Und das Kind, Tobias, wo ist das geblieben?"

Er zuckte mit den Schultern.

„Wer hat sie gekriegt?" rief ich ihm nach.

„Wen?"

„Na, die Frau - das Weib - in Idas Roman."

„Der Junge, ist doch klar." Er grinste. „Und wer hat sie gekriegt?"

„Wen?"

„Ihre Stimme. Bei den Strohfiguren. Was hat Ihnen am besten gefallen?"

„Die sieben Geißlein. Obwohl nur vier von ihnen meckern."

„Dann muss ich neue Batterien einbauen."

Auf dem Rückweg blieb ich immer wieder stehen und blickte hinüber auf den weitgeschwungenem, fast flachen Hügel. Da ging einer. Am Horizont sah ich, sich scharf gegen den Himmel abhebend, die hagere, etwas nach vorne gebeugte Silhouette Nosferatus, des scharfbekrallten Vampirs, so wie Tobias ihn an Bord seines Schiffes gesehen hatte, als es lautlos in den Hafen von Wismar einfuhr. Nur dass dieser Nosferatu keinen Hund dabeihatte, der laut kläffend einem Stöckchen nachrannte, um es seinem Herrchen zu apportieren.

*

Augustin war dabei, die niedere Mauer vor dem Kamin, auf der man die Füße so bequem dem Feuer entgegenstrecken konnte, zu weißeln, das mache er regelmäßig, der Kaffee- Rotwein- Ruß- und Blutflecken wegen.

„Blutflecken?"

„Menschenblutflecken. Im Sommer überfallen uns die himmlischen Schnakenheerscharen. Wenn sie vollgesoffen von unserem kostbaren Blut dahocken, schlag ich sie tot." Er drückte mir einen Pinsel in die Hand. „Oben am Kamin sind noch Flecken. Stell dich auf einen Stuhl. Du hast Ida also gefunden."

„Auf diesem Schild oben am Baum über der Bank. Sie lässt dich lieb grüßen. Dein junger Freund vom Bauernmarkt war auch da."

„Tobias ist eine Leseratte und ein netter Kerl mit ungewöhnlich hungriger Phantasie, einer beachtlichen Groß- und einer bemerkenswerten Urururgroßmutter."

„Seine Oma scheint Fachfrau für Moorkatzen und Steinregen zu sein. Er hat mir einiges über die Dame erzählt, *die hier an ihren Werken schuf,* in Claras Zimmer hängt und mit der Clara, wie du gesagt hast, gern einen Schwatz hält. Was gibt es sonst noch Wissenswertes über Ida?"

„Sie ist sowas wie ein kulturelles Aushängeschild, mit der die Gemeinde Höchenschwand mächtig angibt. Ob jemand auch nur ein einziges Buch von ihr gelesen hat, wag ich aber zu bezweifeln. In ihren Geschichten tummeln sich lauter tapfere, sich wacker durchs Leben schlagende und ihre Frau stehende Frauen. Den größten Teil des Lebens hat sie in Lübeck verbracht, wo sie auch begraben ist. Im Burgfriedhof. Offiziell. Sagt man."

„Liegt sie nun dort oder liegt sie nicht dort?"

„Darüber streiten sich die Geister."

„Welche Geister?"

„Die Fachleute. Einige sind offenbar der nicht unbegründeten Meinung, sie liege nicht auf dem Burgfriedhof."

„Sagt Tobias auch. Aber wo liegt sie dann?"

„Im Tiefenhäuser Moor. Ida starb friedlich in ihrem Bett in Lübeck. Die Urne mit ihrer Asche, so das Gerücht, habe man hierhergebracht und nach dem Largo von Händel, eigens gesetzt für die Höchenschwander Blaskapelle, sowie einer zu Herzen gehenden Ansprache des zweiten Vorsitzenden der hiesigen Ida Boy-Ed Gesellschaft - die Dame schreibt sich übrigens mit nur einem d - feierlich im Moor versenkt. Es soll eine geschmackvoll gestaltete Bronzeurne gewesen sein.."

„Aber warum ausgerechnet im Tiefenhäuser Moor?"

„Den letzten Willen einer Verstorbenen achtet man. Sie wollte im Tod unbedingt jemandem nahe sein, der auch im Moor ruht."

„Noch ein Toter? Jetzt wird's aber eng. Tobias hat von einer Affäre erzählt."

„Der Mann soll sie geliebt haben, und zwar ...."

Ich schlug ‚innig' vor. Oder ‚abgöttisch'.

„Sagen wir so: er sie abgöttisch, sie ihn innig. Otto war ja, wie man munkelte, der Vater ihres Kindes."

„Otto?"

„Otto Maria Göggel."

„Was für ein poetischer Name!"

„Ja, nicht wahr? Der Mann war nicht so bekannt wie Ida, aber immerhin ein äußerst beliebter, am laufenden Band dichtender Heimatschriftsteller. Von ihm gibt's auch ein furioses, heute noch gern von Laienspielgruppen aufgeführtes Knittelversdrama über den Salpetereraufstand. Dann diese Moritat vom bösen Bauern, der die schönen alten Bäume heimtückisch ermordete, die sich so bitterlich an ihm rächten. Der liegt ja auch im Moor herum. Nicht zu vergessen das berührende Gedicht von den beiden Liebesleuten aus Ober- und Unterweschnegg, die im fernen Australien am geheimnisumwobenen Felsmassiv der *Hanging Rocks* verschütt gegangen sind. Und natürlich die schauerliche *Ballade von der Moorkatz* - in dreiundzwanzig Strophen, von denen ich leider nur die erste - wenn du sie hören willst ...."

„Schieß los!"

„**O schaurig ist's übers Moor zu gehn**",

deklamierte Augustin mit rollenden Augen,

„**wenn das Röhricht knistert im Hauche! …**"

„Das ist von der Droste", sagte ich. „Otto hat geklaut!"
„Macht doch nix. Alle Dichter klauen voneinander. Und weißt du eine Bessere? So geht's weiter:

> Hände ragen aus schwarzem Schlick
> ein Arm, ein Bein, mal groß, mal klein,
> mal dünn, mal dick,
> im Moor versunken,
> ertrunken.
> Aus dem Sumpfe
> klingt es dumpfe,
> es wabert und wispert,
> es knackt und knistert,
> es kraucht und faucht
> und gurgelt und wurgelt
> und tappt und schlappt.
> Von der Stirne heiß, rinnt kalter Schweiß.
> Ist sie's, die Katz, bereißzahnt, bebeißzahnt?
> Hebt sie die Tatz?
> Du starrst ins Dunkel. Siehst Augengefunkel.
> Das Böse lauert, dich schauert.
> Hu! Schaurig ist's, übers Moor zu gehn,
> wenn es wimmelt vom Heiderauche …"

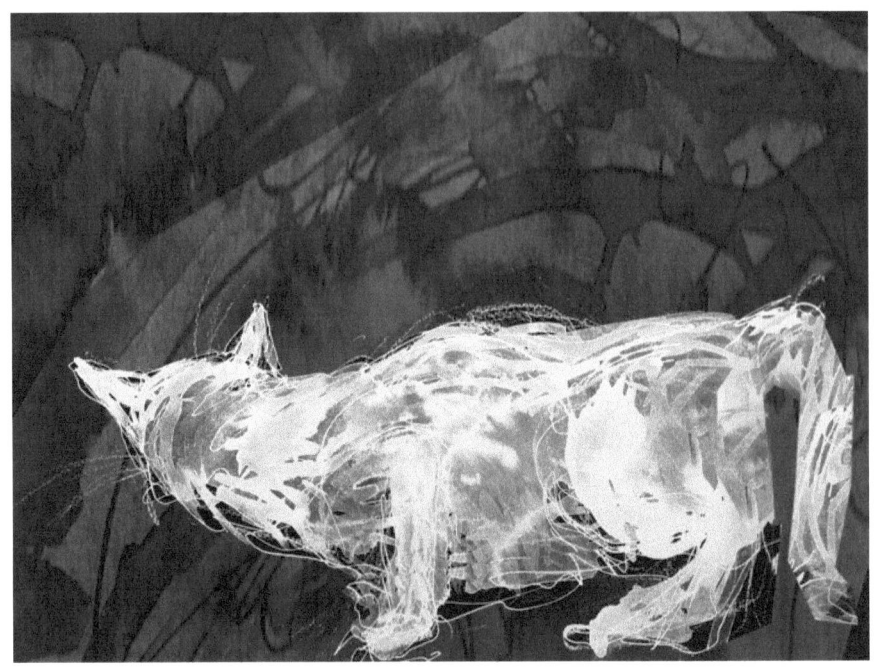

„Warum hat Ida den innig Geliebten nicht geheiratet?"

„Es gab ein schwerwiegendes Hindernis. Der Mann sprach reinstes Alemannisch. Auf diesen Dialekt reagierte die arme Ida - sie selbst konnte nur Plattdeutsch und Berlinerisch - so allergisch, dass sie regelmäßig einen Ausschlag bekam, und zwar von Kopf bis Fuß, und sich blutig kratzen musste. Glaubst du, Kratzen ist eine gute Basis für eine tragfähige Beziehung?"

„Wohl eher nicht", sagte ich. „Wie hat der Arme es verkraftet?"

„Er hat ein entsagungsvolles Abschiedsgedicht verfasst, auch in einwandfreien Knittelversen, es liegt heute im Marbacher Literaturarchiv, dann ist er ins Moor gegangen, und das Moor hat ihn in seine dunklen weichen Arme genommen."

„Wie tragisch. Und Ida?"

„Man sagt, sie sei oft an der Stelle gestanden, wo er den Tod gesucht und auch gefunden hat und habe eine weiße Rose ins Moor geworfen. Du bekommst heute noch in meiner Gärtnerei in Amrigschwand die nach ihr genannte ‚Ida-Rose', die Züchtung eines Verehrers ihrer Dichtkunst."

„Und der heimatdichtende Geliebte - liegt er noch da drin?"

„Man konnte ja nicht das ganze Moor durchstochern, das hätte der *Naturschutzverein Tiefenhäuser Moor* im Interesse der Fauna und Flora nie erlaubt. Und das Moor ist tief, sehr tief, ist geradezu ..."

Ich schlug ‚abgrundtief' vor.

„Abgrundtief und unauslotbar wie die menschliche Seele", sagte Augustin ernst. Bitterernst. Tiefernst. Todernst.

„Das verruchte Nonnenkloster liegt ja auch drin", sagte ich.

„Nun ist Ida ihrem Otto wenigstens im Tod nah, wenn auch nur in einer Urne, der alemannische Dialekt ist ja nun kein Problem mehr."

„Ja, im Moor ist gut ruhen. Wenn du noch ein Plätzchen für dich suchen solltest - die Urne tät ich dir spendieren ..."

„Lieber nicht. Aber ist denn sowas erlaubt? Wer tot ist, gehört ordnungsgemäß auf den Friedhof."

„Ida war gut betucht. Sie hat mehrere Bilder eines hiesigen Heimatmalers gekauft und der Gemeinde Höchenschwand geschenkt, um diese sich geneigt zu machen und auch im Moor ruhen zu dürfen. Die braven, nicht übermäßig genialen Bilder hängen heute dort im kleinen feinen *Malerhüsli*. Wenn ihr danach ist, geht sie auch um."

„Du willst sagen, Ida spukt im Moor, wie die liebeskranke Äbtissin? Der Tobias glaubt das nicht."

„Ida weiß, was sich gehört. Anständige Gespenster kommen einander nicht ins Gehege. Ida spukt in München. Deinem Grinsen entnehme ich, dass du denkst, ich erzähl dir hier eine alberne Gespenstergeschichte. Setz dich an den Computer, google Ida, und du wirst dich schwer vergucken. Für ihre Herumspukerei gibt es einen untadeligen, dazu noch weltberühmten Augenzeugen: Thomas Mann."

„Nein!"

„Doch. Ida hat seinen ersten Roman *Die Buddenbrooks,* für den er später den Nobelpreis bekam, in der Lübecker Zeitung übern Schellenbambl gelobt und so seine Karriere enorm gefördert, ebenso übrigens den jungen Dirigenten Wilhelm Furtwängler. Thomas Mann war ihr ewig dankbar, er nannte sie stets *meine mütterliche Freundin.* Wenn er in Lübeck weilte, hat er immer bei ihr logiert und …"

„Und da Ida, wie ich von Tobias weiß, von dessen Urururoma das Rezept für deren wirklich rühmenswerte Moorkätzchen erbettelt hatte, kam der Dichter wohl auch in den Genuss dieser Spezialität. Erwähnt er sie in einem seiner Bücher?"

„Ja, sogar mit Rezept, im *Doktor Faustus,* in dem es manchmal auch unheimlich zugeht. Der Held des Romans, der genial-dämonische Komponist Adrian Leverkühn - er plaudert gelegentlich beim Tee mit dem Teufel höchstpersönlich - war ganz wild auf die Dinger. Des Dichters Ehefrau hat sie nachgebacken, aber nicht so hingekriegt wie Tobias' Urururgroßmutter, die Mannschen Moorkätzchen waren zu bröselig, und an den Rosinen hat Frau Katja auch gespart. Thomas Mann hatte eine Ader fürs Okkulte und pflegte in München an Séancen teilzunehmen, die ein Arzt, der Baron Albert von Schrenck-Notzing, ein Mann von ebenfalls untadeligem Ruf, abhielt. Der beschäftigte ein damals bekanntes Medium mit dem exotischen Namen Willi Schneider, denn die Hinübergegangenen, wie man sie nennt, spazieren nicht einfach so zur Tür herein, ohne ein Medium schaffen sie es nicht, Gestalt anzunehmen."

„Du kannst mir viel erzählen, Augustin!"

„Thomas Mann auch. Er hat über diese Séancen geschrieben."

„Aber wie hat er sich die Erscheinung erklärt? Er war doch nicht irgendwer, der auf primitive Tricks hereinfällt, er galt als Deutschlands berühmtester Großschriftsteller."

„Er hat es sich nicht erklären können, und das hat er zugegeben."

„Weiß man, was Ida - ich meine, Ida als Geistin - ihm geflüstert hat?"

„Darüber schweigt des Dichters Höflichkeit. Aber es muss ihn, um dieses alberne, heute inflationär verwendete Wort zu benützen, nachhaltig erschüttert haben. Ich vermute, er verdankt Ida die Anregung für seine berühmteste Novelle *Tod in Venedig* - auch die Geschichte einer großen, unerfüllten Liebe. Am Ende sieht der Held, der Schriftsteller Gustav Aschenbach, in einer flirrenden Vision, wie der von ihm angebetete Knabe, der schöne Tadzio, immer weiter ins Moor hinausgeht ..."

„Ins Meer, Augustin!"

„Ja, stimmt. Er winkt ihm zu, er winkt ihn her
      den Dichter zieht es auch ins Meer,
      er setzt den Fuß ins kühle Nass
      dann fällt er um und beißt ins Gras ...
was natürlich ein schiefes Bild ist, weil da kein Gras wächst, er beißt höchstens in den Sand, dann bricht er tot zusammen, und die Nachwelt, so endet die Novelle, hört mit Respekt vom plötzlichen Ableben des berühmten Schriftstellers."

„Ich finde es nicht in Ordnung, dass Ida in München herumspukt", sagte ich. „Immerhin schuf sie in Höchenschwand an ihren Werken und an ihrem Baby und bekam eine eichenlaubbekränzte Ehrentafel, was ja auch nicht jeder kriegt. Außerdem hätte sie dir den Gefallen tun können, zu erscheinen, wo du schließlich, wie Thomas Mann, eine Ader fürs Übersinnliche, Gespenster, Hellseherei und solch irrationales Zeug hast. Was man, etwas vornehmer ausgedrückt, Parapsychologie nennt."

Augustin grinste. „Und die hat den Ruf, keine ernstzunehmende Wissenschaft zu sein. Weißt du, dass du seit einer Viertelstunde mit dem Pinsel in der Hand auf diesem Stuhl stehst und den Boden mit Farbe vertropfst? Gut, dass hier Platten liegen. Wir sind fertig. Der Kamin erstrahlt in neuer weißer Schönheit und harrt frischer Flecken."

„Warum um Himmels willen beschäftigst du dich mit sowas, Augustin?" hakte ich nach.

„Fuchtle gefälligst nicht mit dem Pinsel herum, Heinrich!" Er steckte ihn in eine Büchse voll Terpentin. „Ich tu es nicht um Himmels-, sondern um meinetwillen. Aus Interesse. Seit mir vor Jahren eine ziemlich merkwürdige Sache passiert ist, hab ich Geschmack an solch ‚irrationalem Zeugs' gewonnen. Ein Freund von mir macht übrigens dasselbe am Freiburger *Institut für Grenzwissenschaften*, vielleicht hast du den mal im Fernsehen gesehen. Walter von Lucadou entlarvt mit Inbrunst solche Phänomene, ich lass sie, wie sie sind." Augustin räumte Farbtopf und Pinsel beiseite. „Sieht aus wie neu. Finger weg, die Farbe braucht eine Stunde um zu trocknen! Cognac?"

„Nur her damit. So verkrafte ich deine Spukereien besser."

Sein Gesicht wechselte den Ausdruck, der zuvor leicht ironische Ton war ernst geworden, fast pathetisch. „Die Beziehung zum Irrationalen, wie du es nennst, gibt, so empfinde ich es, dem Leben eine Tiefe, die es reicher macht, sinnvoller."

„Und was ist dieses Merkwürdige, das dir passiert ist, von dem du vorhin gesprochen hast?"

„Magst du Nüsse? Ich hab einen ganzen Sack voll, du hilfst beim Knacken, dabei erzähl ich's dir. Komm mit in die Küche. Hier, nimm den Nussknacker! Die guten in dieses Töpfchen, die schlechten nein, nicht ins Kröpfchen, die kriegen die Vögel."

Und so saßen wir in der Küche, knackten Nüsse, und Augustin erzählte wieder eine Geschichte, wiederum so kurios und unglaublich, dass ich mich überwinden muss, sie wiederzugeben ...

„Ich hatte ein Konzert in Bonndorf besucht, in einem hübschen Schlösschen mit aufgemalten Fenstersimsen - für echte hat das Geld wohl nicht gereicht - und im Treppenhaus mit genial-verrückt-skurrilen Bildern meines alten Freundes Paul Klahn, Portraits der ehemaligen Schlossherrn. Alte Musik, die mich fasziniert, seit ich Jordi Savall, einen Spanier, gehört habe, der sich darauf spezialisiert. Ein Konzert für zwei Instrumente, für Theorbe, eine Art Laute mit langem Hals, und Viola da gamba."

„Die hast du doch auch mal gespielt."

„Ich tu's noch immer. Wenn Clara nicht da ist, schläft Viola neben mir. Mit ihren weichen runden Formen ist sie wirklich ein Bettschatz. Ich träum dann jedesmal was Aufregendes."

„Nämlich?"

„Geht dich nix an. In Bonndorf spielten zwei junge, sympathische Musiker virtuos Kompositionen von Marin Marais aus dem siebzehnten Jahrhundert. Das Konzert war, trotz der Stühle, ein Genuss. Die Stühle in Bonndorfer Schloss sind nämlich eine Strafe für jeden Hintern, die Musiker sieht nur, wer ganz vorne sitzt, die Luft ist zum Schneiden, und die Putten auf dem Deckengemälde mit ihrem stieren Blick und ihren nackten Hintern wirken, wie wenn sie gleich auf dich runterpinkeln würden. Bei jedem Konzertbesuch hoff ich, sie sind entfleucht, aber denen gefällt's hier, die sind immer noch da.

Auf dem Heimweg vermeide ich die etwas längere Strecke über Schluchsee und nehme die Abkürzung über das Dorf Faulenfürst. Doch, das heißt wirklich so. Hier hatte einer der Fürstäbte von St. Blasien ein Jagdschlösschen. Er jagte aber nur mäßig, weil er kein Blut sehen konnte und Kartoffelpuffer mit Apfelmus jedem Rehgulasch vorzog. Ein träger Herr, der den halben Tag verschlief und sich gern in der Sänfte herumtragen ließ, wozu es vier kräftige Männer brauchte, die ihn dafür nicht liebten. Das Volk nannte ihn nur ‚den faulen Fürsten‘. Und er war, was man seinem Bauch ansah, der Erfinder der berühmten ‚Schwarzwälder Kirschtorte‘. Dafür liebt man ihn heute noch. Der Name blieb nach seinem Hinscheiden an dem Ort hängen."

„Lenk nicht ab, Augustin, gib Gas und fahr weiter!"

„Ich gebe nicht Gas, ich fahre vorsichtig, mit Abblendlicht, es ist neblig, das Sträßchen kurvenreich. Und auf einmal steht sie da."

„Die Moorkatz?"

„Die hat hier nichts zu suchen."

„Wer dann?"

„Die Kuh."

„Kühe", vermutete ich, „gibt es hier mehr als nur eine."

„Aber nicht nachts um elf mitten auf einer Straße."

„Und dann hast du gehupt und ihr erklärt, einer anständige Kuh habe sich nachts nicht auf nebliger Straße herumzutreiben. Sie hat gemuht, genickt und sich verzogen in Richtung Heimatstall."

„Hat sie nicht. Ich bin ausgestiegen, auf sie zugegangen und hab sie mir genauer angeschaut. Ich hab auf ihren Kopf getippt. Die Kuh war gar keine Kuh. Ich meine, keine echte, lebendige Kuh. Sie war nicht aus Knochen, Fleisch und Blut."

„Sag jetzt bitte nicht, die Kuh war ein Kuhgespenst."

„Es war eine ganz echt wirkende Kuh in Lebensgröße aus Kunststoff. Eine Plastikkuh. Solche treiben sich hier öfters herum, die Leute finden sie originell, stellen sie gern in den Garten oder auf ihre Wiese. Dort stehen sie dann auch im Winter und mucksen sich nicht."

„Und was war nun das Unheimliche an der Kuh?"

„Ich steig wieder ins Auto, fahr um sie herum - ich will ja nicht, dass sie ein Delle kriegt. Nach ein paar Metern hör ich es."

„Was denn?"

„Sie hat gemuht."

„Da waren halt noch ein paar Kolleginnen auf der Weide."

„Um diese Zeit - elf Uhr nachts und November - sind alle im Stall. Außerdem war weit und breit kein Hof. Ich halte wieder, lauf zurück, bleib vor der Kuh stehen, starr sie an. Sie starrt mich an. So stehen wir da, Menschenaug in Kuhaug. Und auf einmal ... die ist ranzig." Er warf die Nuss in eine Dose für die Vögel. „Dieser Nussknacker ist eine Wucht, er schlägt alle bisherigen Nussknacker, die ich ausprobiert habe, in die Flucht. Er ist nämlich ..."

„Zurück zur Kuh!" sagte ich ungeduldig. „Und auf einmal ..."

„Die Kuh, ja. Sie wird heller, wird peu à peu durchsichtiger, verblasst. Ist weg. Wie in Luft aufgelöst."

„Also alles, was recht ist ..."

115

„Ob recht oder nicht recht - kein Fitzelchen von einer Kuh. Ich steig wieder ein, fahr weiter, etwas schneller, als man im Nebel fahren sollte. Zuhause hab ich zwei oder drei Kirsch getrunken und nach einer Erklärung gesucht."

„Und eine gefunden?"

„Ich nicht."

„Dann Clara?"

„Clara weilte gerade nicht bei mir."

„Wo dann?"

„Clara teilt mir nicht immer mit, wo sie zu weilen gedenkt."

„Wer hat denn nun eine Erklärung gefunden?"

„Schopenhauer."

„Philosophen erklären die Welt, aber keine Kühe."

Die Wände des Ganges, waren, wie alle Räume des Hauses, vollgestellt mit Büchern. Augustin musste nicht lange suchen, seine Bücher sind streng alphabetisch geordnet, keins würde sich getrauen, sagte er, aus der Reihe zu tanzen. Er kam mit einem zurück, setzte sich wieder, blätterte darin herum.

„Schopenhauer nennt diese Schrift *Versuch über das Geistersehen und was damit zusammenhängt*. Ich les dir's vor: *Überhaupt ist es die Dunkelheit der Nacht, als welche bloß darum die Geisterzeit ist, weil Finsterniß, Stille und Einsamkeit, die äußeren Eindrücke aufhebend, die jener von innen ausgehenden Thätigkeit des Gehirns Spielraum gestatten ...* Du kommst mit?"

Ich verstand nur, dass Schopenhauer sich zwar nicht mit nächtlichen Plastikkühen, aber doch immerhin mit solchem Zeug beschäftigt hatte.

„Es erklärt, wenn man überhaupt von Erklärung sprechen will und auf Erklärungen scharf ist, warum ich etwas gesehen habe, das es nicht geben kann. Ich war offenbar geneigt, diese Kuh zu sehen. Ich hab sie angezogen. Wie ein Magnet. Außerdem hab ich sie gekannt."

„Du? Die Kuh?"

„Sie steht in Frohnschwand, einem kleinen Ort nahe Höchenschwand, auf der Wiese vor einem Bauernhof, Tag und Nacht, im Winter und im Sommer. Ich zeig sie dir morgen. Auf dem Weg ins Konzert bin ich an ihr vorbeigefahren und hab sie, wie jedesmal, angehupt. Als ich von Bonndorf zurückfuhr, war es Nacht, es war einsam, still, und neblig war's auch. Ich hatte wohl, weiß nicht, warum, die Kuh im Hinterkopf. Und nun kam sie aus meinem Kopf heraus und stand mitten auf der Straße."

„Als Sinnestäuschung, Halluzination."

„Mitnichten. Sie hat gemuht. Ich hab es so deutlich und klar gehört, wie ich jetzt deine Stimme höre. Ich hab sie so deutlich und klar gesehen, wie ich jetzt dich sehe. Und dann hab ich sie ganz deutlich und ganz klar nicht mehr gesehen."

„Du warst besoffen, mein Lieber!"

„Ich saufe nicht, wenn ich fahre", sagte er und schenkte ein. „Es gibt Wissenschaftler, die versuchen, so etwas mit Quantenphysik zu erklären. Wenn man ein Elementarteilchen, sagen wir, ein Elektron, genau betrachtet, wenn man die geschärfte Aufmerksamkeit auf es richtet, wenn man versucht, es festzuhalten, oder sogar zu messen, pflegt es beleidigt zu verschwinden."

„Wie das, was du und dieser Fotograf im nächtlichen Moor gesehen haben wollt, als der versuchte, es festzuhalten? Aber deine Kuh war keine Quantenkuh, sie war aus Kunststoff."

„Und woraus besteht Kunststoff, Heinrich? Aus Elementarteilchen, aus Elektronen, wie jedes Ding aus Quantenteilchen. Vielleicht hatte die Plastikkuh keine Lust, beobachtet, vermessen oder sogar quantenphysikalisch erklärt zu werden."

„Aber das Muhen? Mit Quantenphysik kommst du da nicht weiter."

„Nein. Hier stößt die Physik an ihre Grenzen. Vielleicht hatte die Kuh Humor. Dass Kühe Humor haben, merkt man ja daran, wie sie einen ansehen, und wie sie dann nach erfolgter Musterung den Schwanz heben und pinkeln. Vielleicht wollte sie mir zeigen, dass man sich über wissenschaftliche Erklärungen auch hinwegmuhen und hinwegpinkeln kann."

„Du bindest mir keinen Bären auf, Augustin, sondern eine Kuh!"

„Mitnichten." Er legte die guten Kerne in die Dose und die Dose mit der Aufschrift *Salbeitee* in eine Schublade.

„Da gehören sie aber nicht hinein", protestierte ich.

„Etikettenschwindel ist eine Clarasche Spezialität. In der Kaffeebüchse sind die Nudeln, in der Salzdose Zucker, und bei Magenschmerzen serviert sie mir Fencheltee in einer Tasse, auf der ,Weidenröschen' steht. Er wirkt trotzdem."

Ich steckte drei Nüsse auf einmal in den Mund und holte dann tief Luft. „Jetzt aber mal ernsthaft, Augustin. Die Beschäftigung mit diesen Dingen verändere das Leben, hast du vorhin gesagt, mache es reicher, sinnvoller und gebe ihm eine bisher unbekannte Tiefe - geht's nicht ein bisschen kleiner? Ich mach mir Sorgen um dich. Ich seh keinen Sinn in etwas, das für mich reiner Blödsinn ist."

„Das steht dir frei." Augustin lehnte sich zurück, faltete die Hände überm Bauch und drehte Däumchen. „Ich sehe nur, was du nicht siehst. Früher war auch ich ein Vernunftmensch mit einem klaren, eindeutigen Weltbild. Die Beschäftigung mit diesem Blödsinn, wie du es nennst, hat mich umgekrempelt. Vernünftige Weltbilder sind sowas von einseitig. Und" - er gähnte - „langweilig sind sie auch."

„Mein Lieber, wir leben im einundzwanzigsten Jahrhundert."

„Und? Für mich gibt es keinen einzigen Grund, warum ein Mensch dieses so gnadenlos aufgeklärten Jahrhunderts die Welt von vorne bis hinten, von oben bis unten verstehen müsste. Ja, der Fortschritt ist atemraubend. Mit Siebenmeilenstiefeln zertrampelt er, was sich ihm in den Weg stellt. Und trotzdem gesche-

hen, vielleicht diesem Fortschritt zum Trotz, immer wieder unerklärliche Dinge. Was übrigens ein alter Hut ist. Schon die Menschen der Steinzeit erzählten sich, wenn sie um das Feuer in ihrer Höhle hockten und an einem Mammutknochen herumnagten, dieselben uralten Geschichten von Spuk, Geistern, Erscheinungen, Zeichen und Wundern. Wirft man diese Geschichten vorne zur Haustür hinaus, kommen sie durch die Hintertür wieder zurück.

Ich vermute, dass die immer schlauer werdenden Roboter, an denen wir zur Zeit herumbasteln, wenn sie uns alle einmal abgemurkst haben, in einer fernen menschenlosen Zukunft, in der sie abends gemütlich beieinanderhocken, sich auch Geschichten erzählen werden, vielleicht von herumspukenden Menschen, die sie das Gruseln lehren ...“

„Ich brauch solche Geschichten nicht.“

„Ich glaube, dass wir sie brauchen, immer gebraucht haben und immer brauchen werden.

Das Gefühl, wir seien umgeben von einer fremden, geheimnisvollen Welt steckt unausrottbar tief in uns drin."

„In mir nicht. Mich bekehrst du nicht, Augustin!"

Er deutete auf den Wandteppich über der Küchenbank. „Fällt dir was auf?"

Der Teppich war unterteilt in Rechtecke, darin saßen Tiere in einfachen, abstrahierten Formen, wie ein Kind sie zeichnen würde, zwischen ihnen wuchsen pflanzenartige, baumähnliche Gebilde. Mir fiel nichts auf.

„Schau genauer!"

Ich schaute genauer. Und dann - etwas stimmte nicht. Die Symmetrie war gestört. Manche Kästchen waren zusammengedrückt oder flacher oder höher, die Tiere am rechten Rand sahen etwas anders aus als die auf der linken Seite. Der Teppich hatte Fehler.

„Wie jeder gute orientalische Teppich", sagte Augustin. „Das ist Absicht, die Fehler sind eingewebt. Ein fehlerloser Teppich, bei dem alles aufgeht, die Symmetrie stimmt, bei dem es keine Abweichungen gibt, wäre langweilig, unlebendig. Wie dein Teppich, Heinrich, dein Bild, das du dir von der Welt gewebt hast. Es fehlt ihm etwas Wichtiges."

„Und das wäre?"

„Die Poesie. Die hat immer etwas Unstimmiges, Unvernünftiges, nicht Auflösbares, etwas das sich einem entzieht, das wir in unserem immer praktischer, nüchterner und vernünftiger werdenden Leben hegen und pflegen sollten. Natürlich kannst du diese Dinge wegtüfteln, dich drüber lustig machen, kannst für jedes Phänomen durchaus glaubwürdige Erklärungen finden. Wie mein Freund, Walter von Lucadou, der entlarvt einfach alles, Hellsehen, Prägognition, Spuk, Träume, Poltergeister, Erscheinungen, was das Herz begehrt. Er zerrt alles ans helle Licht der Aufklärung. Ich lass diese Dinge, wo sie sind. In der Bewusstseinsdämmerung. Es gibt da ein Gedicht ..."

Ich verdrehte die Augen. „Also noch'n Gedicht, du hast ja immer eins parat. Wie heißt es?"

„*Zwielicht* - das ist die Stunde zwischen Tag und Nacht. Das Tageslicht vergeht, die Dunkelheit kommt, ist aber noch nicht ganz da." Und Augustin sagte, nein, flüsterte mit tiefer, geheimnisumflorter Stimme:

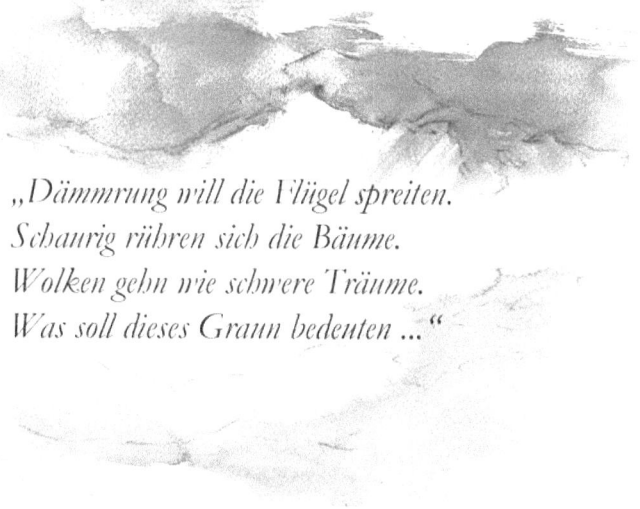

*„Dämmrung will die Flügel spreiten.
Schaurig rühren sich die Bäume.
Wolken gehn wie schwere Träume.
Was soll dieses Graun bedeuten ..."*

„Ist das von dir?"

„Leider nicht. Den Dichter kannst du auch googeln, gib die erste Zeile ein, dann hast du ihn. Es steht übrigens im Roman *Ahnung und Gegenwart*. In seinen Erzählungen geschieht manchmal etwas, das zu erklären er nicht nötig hat. Der Verstand verflüchtigt sich, etwas anderes übernimmt die Führung. Ich lass mich gern anrühren vom Geheimnisvollen. Wie der Tobias vom Bauernmarkt. Und wie der hier."

Diesmal stöberte er in dem Regal, in dem er Kassetten und CDs aufbewahrte, es schienen, vorsichtig geschätzt, weit über tausend zu sein, legte eine CD ein, drückte auf die Taste. Ein Kratzen und Rauschen, und mitten in dem Rauschen eine Stimme ...

„Das Schönste und Tiefste, was der Mensch erleben kann, ist das Gefühl des Geheimnisvollen. Es liegt der Religion sowie allem tieferen Streben in Kunst und Wissenschaft zugrunde. Wer dies nicht erlebt hat, erscheint mir, wenn nicht wie ein Toter, so doch wie ein Blinder. Zu empfinden, dass hinter dem Erlebbaren ein für unseren Geist Unerreichbares verborgen sei...“

„Ein Esoteriker“, sagte ich abfällig.

„Es geht noch weiter: *... ein Unerreichbares, dessen Schönheit und Erhabenheit uns nur unmittelbar und in schwachem Widerschein erreicht, das ist Religiosität.“*

„Schlimmer: ein frömmelnder Esoteriker.“

„Er meint eine andere Religiosität als die, die man uns im Theologiestudium beibringen wollte.“

„Ein frömmelnder esoterischer Spinner.“

„Der Spinner heißt Albert Einstein.

Du hast soeben ein historisches Tondokument gehört. Die Sätze stammen aus seinem *Glaubensbekenntnis* aus dem Jahr 1932.“

„Ich dachte immer, Einstein sei ein genialer, rational und logisch denkender Naturwissenschaftler gewesen. Das hier nehm ich ihm aber übel."

„Er wird's überleben."

„Einstein ist tot."

„Was man so tot nennt. So, jetzt wird's Zeit."

„Zeit, wofür?"

„Wir gehen ins Kloster."

„Aber das ist doch im Moor versunken."

„Das Kloster in St. Blasien nicht. Dort gibt's die Domspiele: *Kloster in Flammen*. Ich hab zwei Karten. Clara kann nicht, also musst du mit. Es lohnt sich."

*

Und so fuhren wir denn abends nach St. Blasien, einem kleinen Ort in einem engen Tal, durch den sich das Flüsschen Alb windet.

„Ein Mordsding, diese Kuppel - fast wie die des Petersdoms."

„Sie ist die zweitgrößte diesseits der Alpen. Nach dem großen Brand von 1768 ließ Fürstabt Gerbert die Kirche im klassizistischen Stil wieder aufbauen, als Rundtempel nach dem Vorbild des Pantheons in Rom. Übrigens hatte er, neben seiner Leidenschaft für die Musik, auch das leibliche Wohl der Menschen hier im Auge und gründete die Rothausbrauerei, um die Wirtschaft im Land anzukurbeln. Das Waldhausbier schmeckt mir aber besser."

„Kein Wunder, es ist ja ein persönliches Geschenk der Gottesmutter. Gibt's noch Mönche?"

„Nur noch bei den Domspielen. Unter Napoleon wurde das Kloster säkularisiert. Die letzten Mönche schnürten ihr Bündel, zogen nach Österreich, nach Kärnten in ein befreundetes Kloster. Statt Schwarzwälder Schinken gab es nun Marillenknödel und Nockerln, wovon sie dick und rund geworden sind. Jetzt ist das Kloster Internat. Aber unser Fürstabt spukt gelegentlich noch hier herum. Als Liebhaber alter Musik muss er entsetzlich leiden unter dem, was heute so aus den Zimmer der jungen Leute herausdröhnt. Man hört ihn, mittelalterliche fromme Weisen auf den Lippen, tapfer dagegen ansingen, aber die Schüler stellen Heavy Metal, Rock und Pop einfach lauter, da flieht er, die Hände auf den malträtierten Ohren. Was ich ihm herzlich gönne, schließlich hat er in unchristlichem Geist meine verschollene Bachkantate an sich gerafft und mich ganz schön hereingelegt. Hier!" Augustin drückte mir eine Decke in die Hand. „Wir müssen unsere Plätze aufsuchen, das Stück dauert drei Stunden, da kriegt man kalte Füße."

*

Die kalten Füße vergaß ich. Was sich uns auf dem Domplatz bot, war sein Geld wert. Szenen aus der Geschichte des Klosters, eine Reise durch die verschiedenen Epochen, gespielt von Laien. Ich sah: Historische Persönlichkeiten wie Goethe - „mein Zahnarzt", so Augustin, Voltaire - „mein Apotheker." Madame du Chatelet, Voltaires Geliebte - „eine Physiotherapeuthin, Spezialistin für lädierte Bandscheiben" - Napoleon Bonaparte - „unser Polizist, hat mir schon zwei Strafzettel verpasst." Zwischen den Szenen zur Erbauung der Zuschauer immer wieder eine Prozession von Mönchen - Internatsschüler, Lehrer, Hausfrauen, Großväter, Enkel -, die, schwarz bekuttet und in der Hand Kerzen, mal eindrucksvoll stumm, mal schwermütige Choräle singend, feierlich über die große Bühne zogen und jedesmal euphorisch beklatscht wurden. Was sie bewog, beifallssüchtig hinten um die Kirche herumzurennen und dann das Ganze noch zweimal zu wiederholen.

Inzwischen war es dunkel geworden, was den großen Klosterbrand besonders prächtig wirken ließ. Um die gewaltige Kuppel loderten in schwindelnder Höhe Flammen, eine pyromanische

Meisterleistung. Noch meisterlichrer: Tänzerinnen in feuerfarbenen orangerotgelben Trikots, die, gut gesichert und angeseilt, dort oben wild herumzüngelten.

Ungemein feurig auch die Currywurst, die wir uns in der Pause gönnten. Nach drei Stunden war das grandiose Spektakel vorbei. Brausende Beifallsstürme. Nur ein Zuschauer, er stand etwas verloren und verfroren auf seinem Brunnnen auf dem Domplatz, applaudierte nicht: der heilige Blasius, Schutzpatron und Namensgeber des Städtchens, von dem keiner weiß, wie es ihn hierherverschlagen hat. Ein mitleidiger Mensch hatte ihm, der aus einer wärmeren Gegend in der heutigen Türkei stammt, eine Decke umgelegt und eine Mütze aufgesetzt. Den Blasius müsse ich anrufen, so Augustin, wenn mir was im Halse steckenbleibe, das ich nicht hinunterschlucken könne, eine Gräte oder eine Beleidigung, *irgendein Siechtum oder Übel an der Kehle,* wie der fromme Heiligenkalender rate.

*

Eine Currywurst sei nicht gerade magenfüllend, fand Augustin und erklärte, er werde jetzt, zu mitternächtlicher Stunde, Apfelküchle backen, eine südbadische Spezialität und die Freude seiner Kindheit. Er sei, in aller Bescheidenheit, ein Meister der Apfelküchlebäckerei und sehe eine moralische Verpflichtung darin, mich nicht ohne solche ins Bett zu schicken. Wogegen ich, die Apfelküchle seiner seligen Mutter in bester Erinnerung, keinen Einspruch erhob. Er rührte den Teig an, ich schnitt die Äpfel in Spalten, die Augustin in den Teig tauchte und in der schweren Eisenpfanne mit viel guter Butter ausbackte, kann auch sein, er buk sie aus. Dann wurden sie maßlos dick mit Zucker und Zimt bestreut. Dass sie, wie diese mysteriöse Kuh, letztlich auch aus Quanten bestanden, störte mich weiter nicht. Wir fraßen, ich kann's nicht anders sagen, zusammen dreißig Stück, und ich spielte mit dem Gedanken, meine Lebensgefährtin, eine Anhängerin der asiatischen Kochkunst mit einer Vorliebe für Sushi, sollte sie

sich als unfähig oder unwillig erweisen, die Kunst der Apfelküchlebäckerei zu erlernen, in die Wüste zu schicken.

Dann zog es mich ins Bett. Als ich beim Zähneputzen über die
mysteriöse Kuh nachdachte, wurde ich plötzlich erleuchtet. Ich
rannte hinauf, aus Augustins Schlafzimmer ertönte Musik. Er saß
auf dem Bett, zwischen den Beinen die Viola da gamba, und
spielte.

„Was ist, Heinrich? Spukt's bei dir unten? Womöglich ist Ida ...?"

„Es spukt nicht, weil ich natürlich nicht an Spuk glaube, sogar
wenn Ida persönlich vor meinem Bett erschiene. Aber mir ist was
eingefallen. Du hast von diesen Elementarteilchen gesprochen, die
es nicht mögen, wenn man sie beobachtet, misst oder allzuscharf
ins Visier nimmt, und dass sie dann gern verschwinden. Wie deine
Kuh."

„Und?"

„Woraus bestehst du? Woraus bestehe ich?"

„Aus Elementarteilchen."

Ich starrte ihn durchdringend an. „Du bist aber noch da, mein
Lieber. Löst dich nicht in Luft auf."

„Das will ich doch schwer hoffen. Die Suite, die ich spiele, ist
noch nicht zu Ende."

„Und warum bist du da, wo ich dich doch anstarre und sozusagen quantenphysikalisch vermesse?"

Augustin sah mich amüsiert an. „Elementarteilchen sind winzig-
kleine Katzen. Sie gelten als unberechenbar, tun, was sie wollen,
nicht das, was sie nach unseren Vorstellungen tun sollten. Es gibt
Wissenschaftler, die neigen dazu, diesen Winzlingen sowas wie
einen Willen zuzugestehen. Die Elementarteilchen, aus denen ich
bestehe, wollen offenbar nicht verschwinden wie die der Kuh,
denen es vermutlich zu kalt war in dieser nebligen Herbstnacht.
Und nun schleich dich, ich will weiterspielen."

Ich strich behutsam über das schöne Instrument - ein richtiger Handschmeichler. Sein Lack glänzte in warmem Rot. „Was für eine Nachtmusik spielst du da?"

„Eine Suite von Marin Marais."

„Darf ich zuhören?"

„Nein, das mag er nicht."

„Er? Wer?"

„Der!" Augustin deutete mit dem Bogen auf ein Buch, das auf einem schmiedeeisernen Lesepult auf der geschnitzten Truhe im Eck lag. Es war aufgeschlagen, das Bild zeigte eine Gruppe musizierender Engel, von denen einer die Viola da gamba spielt und übers ganze Gesicht strahlt. Das Strahlen kommt von innen. Ich dachte an die auch von innen strahlenden oder leuchtenden Schweine, von denen Augustin erzählt hatte, aber die strahlten sicher nicht so innig, so herzberührend. Wo hatte ich den Engel schon mal gesehen ...

„Im Engelskonzert des Isenheimer Altars von Grünewald", sagte Augustin. „Als Anfänger spielt er noch nicht besonders gut, mich kennt er ja, aber deine Anwesenheit könnte ihn so genieren, dass er mehr falsche als richtige Töne spielen würde."

„Du spielst mit einem Engel? Ich dachte, du hättest die Theologie an den Nagel gehängt!"

„In der Not spielt der Teufel auch schon mal mit einem Engel, es gibt hier sonst niemanden, mit dem ich zusammen musizieren könnte, Anne Sophie Mutter, die Ärmste, kann ja nur Geige und Klavier. Es ist eine wahre Freude, mit welcher Begeisterung er falsch spielt. Und nun gib Ruh und schleich dich!"

Ich schlich mich und warf vorher noch einen Blick auf das kleine Bild überm Kamin im Wohnzimmer. Auf dem Dach der Kapelle hockten nur noch zwei Täubchen, und vor dem Eingang lagen weiße Federchen.

Einschlafen konnte ich aber noch nicht. Ich griff zu den Büchern, die Augustin mir auf das Nachttischchen gelegt haben musste. Das erste - *Die Sünderin* - zeigte auf dem hinteren Buchdeckel zwei Fotos untereinander: Oben eine mädchenhafte junge Frau, weiches, rundes Gesicht, dunkle Korkenzieherlocken, auf dem Schoß ein kleines Kind. Unten: eine würdige Dame, unter einem Trumm von Hut mustert sie mich, um den Hals eine dreifach geschlungene Perlenkette, ein leicht ironisches Lächeln um die Lippen: Ida Boy-Ed im Doppelpack, als blutjunge Mutter und als, wie man gern sagt, gereifte Frau. Das gleiche Bild, das, nur etwas größer, in Claras Zimmer hing.

Im zweiten Buch lag ein Zettel, ich schlug die Stelle auf: *Ich will mit der Erklärung schließen, daß an der Realität der okkulten Echtheit der Phänomene für mich nicht mehr der Schatten eines Zweifels besteht. Ich bin überzeugt, daß eine spätere Wissenschaft es denjenigen Dank wissen wird, die in unseren Tagen den Mut oder die Unbefangenheit hatten, ihren Sinnen zu trauen.* Aus einem Brief Thomas Manns an Dr. Schrenck-Notzing.

Ich beschloss, Thomas Mann fürderhin mit Verachtung zu strafen, was mir nicht schwer fiel, denn seine Bücher sind arg voluminös, ihre Lektüre verkürzt enorm die Lebenszeit, und manchen verschachtelten und verschnörkelten Satz muss man mindestens dreimal lesen, um dahinterzukommen. Das Nachdenken darüber, warum die Höchenschwander Ehrentafel der *großen Schriftstellerin* zwei ‚d' verliehen haben könnte, der Buchdeckel aber nur eines, machte mich so müde, dass ich gar nicht richtig wahrnahm, dass es zwei Instrumente sein mussten, die mich in den Schlaf spielten …

Am vierten Tag

Wandlerinnen und Wandler. Der Teufel - ein Eichhörnchen? Herr Jung, Herr Freud und das Unerklärliche. Über Scheuklappen. Allein im Moor. Erotische Elegien und eine unerotische Kratzhand. Im Suff

Der Herr, obwohl ich mich nicht zu den seinen zähle, gab's mir im Schlaf. Das Rätsel der 2 d im Namen der Dichterin, die in Höchenschwand *an ihren Werken schuf,* war gelöst: Ein ehrlicher Wandersmann hatte im Moor ein ‚d' gefunden, wo es missmutig aus dem Schlick herausguckte, und das Fundstück zur Gemeinde gebracht. Der mit der Beschriftung des Ehrenschildes beauftragte Malermeister hatte es, weil er nicht wusste, wohin damit, einfach an Idas Nachnamen drangehängt.

∗

Dann hörte ich Stimmen, die Augustins und eine helle, weibliche. Der Gambenengel von gestern Abend ist es wohl nicht, dachte ich. Das muss also Clara sein. Sie ist wieder da.

Beide standen vor der Haustür. Die Frau war jugendlich schlank, hatte dunkle Augen, ihr rotes Haar war zu einem Pferdeschwanz zusammengebunden, das Gesicht blühte vor Sommersprossen, und an einem Ohr baumelte ein kleiner Nackedei mit Zipfelmütz.

„Schön, dass ich Sie doch noch kennenlerne, Clara", sagte ich, „ich weiß fast alles von Ihnen: dass Sie nicht marktgerechte Geschichten schreiben, eine sich ständig verändernde Wolke sind, eine Aversion gegen geputzte Fenster haben und dass Sie Augustin nachts die Bettdecke wegziehen. Ich weiß, dass Sie eine attraktive schwarze Katze sind. Nein, waren. In Ihrem Vorleben."

Die beiden sahen sich an und grinsten verschwörerisch.

„Das ist nicht Clara, mein Weib, das ist Conny, eine liebe Freundin", sagte Augustin. „In ihrer Töpferwerkstatt erblicken die vielen wundervollen Schlafwandler auf den hiesigen Dächern das Licht der Welt - und später das sanfte Licht des Vollmonds. Conny hat einen mitgebracht." Er wickelte das Papier von dem Ding in seiner Hand und hielt es mir hin: ein zipfelbemützter Schläfer, etwa vierzig Zentimeter groß, beide Arme nach vorne gestreckt, gelbes, sternchenbesätes Nachthemd, die Augen fest geschlossen, im rotbackigen Gesicht ein traumseliges Lächeln.

„Und dieser Spätaufsteher, meine liebe Conny", sagte er, „ist ein alter Schulfreund, ein beängstigend vernünftiger, allem Irrationalen abholder Mensch."

„Herzliches Beileid!" sagte sie, mir die Hand schüttelnd, und zu Augustin: „Ich hab's eilig, sei vorsichtig und weck ihn bloß nicht auf, du weißt ja, was dann passiert."

Wir sahen ihr nach. „Das ist also ..."

„Conny. Eine Künstlerin in zweifachem Sinn. Conny macht nicht nur schlafwandelnde Tonmännlein und Tonweiblein, manchmal hebt sie auch selbst ab vom vom Boden."

„Sie wandelt auch?"

„Ja, aber nicht im Schlaf. Sie züngelt und flackert und brennt und leuchtet und tanzt hoch droben unter der großen Kuppel im Dom von St. Blasien. Conny war eine der Flammen, die du dort bewundert hast."

„Eine ungewöhnliche Frau. Wie - Clara. Und wie Ida."

„Ja, die Damen hier haben es in sich. Conny ist aber nicht nur Töpferin und Tänzerin."

„Was denn noch?"

„Erzähl ich dir später. Vielleicht. Vielleicht auch nicht. Ich will dich ja nicht überfordern. Vorhin hat die Werkstatt angerufen, in einer Stunde kommt jemand und holt deinen Wagen. Hast du den Autoschlüssel parat?"

Ich fand ihn nicht. Drehte alle Taschen um, suchte im Schlafzimmer, im Bad, am Kamin, an allen möglichen und unmöglichen Stellen, sogar im Klo. Er war weg. Ich genierte mich vor Augustin, der im Sessel hockend mir grinsend zusah, wie ich immer kribbliger wurde, wie mich schließlich so die Wut packte, dass ich ihn verfluchte: „Geh zum Teufel!"

Er denke nicht daran, sagte Augustin.

„Ich mein den Schlüssel."

Eine halbe Stunde später fand ich ihn, er lag im Schrank neben einem Büchlein mit dem hübschen Titel: *Der Teufel ist ein Eichhörnchen - Sprichwörter und Redensarten.*

„Augustin! Das warst du!"

„Unsinn. Warum sollte ich?"

„Dann war's halt ein Zufall."

„Wie der, der dich mir ins Haus fallen ließ."

„Aber warum passiert so was?"

„Ganz einfach: Du hast in deiner Wut den Schlüssel zum Teufel gewünscht. Der hat das wörtlich genommen und ist zum Teufel gegangen."

„Heiliger Bimbam!"

„Lass den heiligen Bimbam in Ruh. Die Dinge, die uns umgeben, sind nicht tot. Sie haben ein geheimes Leben, das wir nicht verstehen", sagte Augustin, „manchmal auch einen saftigen Humor, und sie lieben es, uns zur Verzweiflung zu bringen. Mein Computer ist darin Meister. Denk an Avicenna, der vor tausend Jahren draufkam, dass in bestimmten extremen Situationen der Mensch Dinge magisch beeinflussen könne. Denk an meine Bachkantate, die sich Fürstabt Gerbert untern Nagel gerissen hat, weil sein Verlangen nach ihr stärker gewesen sein muss als meins. Dass er nicht mehr unter uns weilt, spielt dabei offenbar keine Rolle."

Ich schnaubte, und Augustin setzte noch eins drauf: „Stell dir vor, zwei Männer, gescheiter als wir beide, sitzen beieinander und streiten, wie wir, über okkulte Erscheinungen. Der ältere hält sie für Betrug und Humbug, der jüngere nicht. Die Debatte wird immer hitziger, und auf einmal kracht es im Eckschrank so fürchterlich, dass beide zusammenfahren. Der Jüngere erklärt, es handle sich um ein solches Phänomen, der Ältere streitet das empört ab. Worauf der Jüngere vorhersagt, es werde gleich nochmal krachen, der Schrank reagiere so auf die aufgeheizte Stimmung, die leidenschaftlichen Gefühle. Und prompt kracht es ein zweites Mal. Für den Jungen ein Beweis dafür, dass der Mensch in Erregung die Materie beeinflussen kann. Avicenna hätte sich ins Fäustchen gelacht."

„Und wer sind die beiden Streithähne?"

„Sie sind nicht mehr, sie waren. Sigmund Freud und C.G. Jung, zwei nicht unberühmte Wissenschaftler. Das Ereignis ist dokumentiert, daran gibt es nichts zu deuteln."

„Ich deutle und bleibe skeptisch."

„Wenn man sich für einen Skeptiker hält, tut man gut daran, gelegentlich an seiner Skepsis zu zweifeln."

„Sagst du, Augustin."

„Sagt Freud, Heinrich. Und kurz vor seinem Tod: wenn er nochmal von vorne anfangen könnte, würde er sein Leben

der Untersuchung dieser von ihm - und dir auch - stets geleugneten Phänomene widmen. Woraus man schließen könnte ..."

„Dass er senil geworden war."

„Freud dachte nicht im Traum daran, senil zu werden. Nein, dass da was dran sei."

„Muss man das alles wissen?" protestierte ich.

„Muss man stolz darauf sein, nichts zu wissen, stolz auf seine Scheuklappen sein, auf seine Sturbockigkeit, die verhindert, dass man seinen beschränkten Horizont erweitert? Als Kind warst du anders, wie alle Kinder. Wenn du dich im Wald verlaufen hast, wenn du in Not warst, hast du Hilfe bekommen. Die Rehe haben dich gewärmt. Der Vogel mit den goldenen Federn, der listige Fuchs, die schöne bunte Kuh haben dir kluge Ratschläge gegeben. *Geh ins dunkle Wirtshaus*, sagen sie. *Geh mitten hinein unter die Soldaten. Nimm nicht den Sattel aus Gold, nimm den schlechten und tu den goldenen Vogel nicht in den goldenen Käfig. Wir wollen dir's gedenken und vergelten ...* Die Bäume rüttelten und schüttelten sich und warfen was Schönes herunter, etwa goldene Kleidchen. Sterne sind vom Himmel in dein Hemdchen gefallen. Edel waren die Dinge, freundlich, hilfreich und gut.“

„Aber nur im Märchen. Mir ist noch kein Stern ins Hemdchen gefallen.“

„Vielleicht sind die Dinge immer noch so, wenn wir es zulassen, sind immer noch beseelt vom Gefühl der Zusammengehörigkeit, das uns verschütt gegangen ist“, sagte Augustin.

„Du hast einen an der Waffel, mein Lieber!“

„Vielleicht bist du's, der einen an der Waffel hat. Für mich ist die Seele eine Landschaft mit einem weißen Fleck, einem unerforschten Bereich, einer Katakombe, in der man sich verirren kann und aus der manchmal etwas aufsteigt und uns durcheinanderbringt. Sonst werden wir zu gescheit, und das wär doch nicht auszuhalten. Was ist dir lieber, Rosmarinhähnchen oder coq au vin?“

Ich entschied mich für letzteren, und Augustin warf mich mit dem Auftrag, ich möge mir einen anständigen Appetit anlaufen, hinaus.

*

Mich zog's ins Moor. Aber nicht unter Zwang, wie in meinem Traum. Ich wollte mir beweisen, dass ich kein Hasenfuß war, sondern ein vernünftiger Mensch, der Augustins Schauermoorgeschichten zwar mit Vergnügen anhörte, sie aber nicht ernst nahm. Außerdem war heller Mittag - die Stunde des Pan, des bocksbeinigen griechischen Gottes, der auf einem Felsen sitzend den schönen Nymphen auf seiner Flöte, der Panflöte, um sie zu becirzen, verlockende Weisen vorspielt.

Da ich keine Flöte dabeihatte, würde ich der Moorkatz, sollte sie sich wirklich zeigen, halt etwas vorpfeifen, schließlich pflegte auch Orpheus mit seiner Musik wilde Tiere zu besänftigen. Dann würde sie mir aus der Hand fressen, und ich würde sie hinter den Ohren kraulen.

Den Weg kannte ich. Der kleine Parkplatz war leer, außer mir zog es niemand ins Moor. Eine Wolke hatte sich über die Sonne geschoben, es war recht kühl, Licht und Schatten veränderten das Gehölz, und der Wald schien mir anders als beim letzten Mal. Der schmale Pfad kam mir diesmal länger vor, kann auch sein, ich hatte mich verlaufen, wurde er doch ständig gekreuzt von anderen kleinen Pfaden, die wie Rinnsale durchs Unterholz krochen. Auch musste ich, es hatte nachts stark geregnet, ständig einer Schlammlache im morastigen Boden ausweichen. Tropfen prasselten von den Bäumen in meinen Kragen, immer wieder stolperte ich über Wurzeln. „Du magst mich nicht, Wald", sagte ich laut, „aber will nun mal in dieses verdammte Moor". Und musste lachen über meine Worte, als könne der Wald mich hören, als sei er ein lebendiges Wesen, eine ‚kollektive Persönlichkeit", wie Augustin gesagt hatte.

Überall am Boden verstreut lagen Rindenstückchen. Ich bückte mich nach einem: außen rauhe, grobe, geriffelte Borken, innen ein Gewirr von dünnen Linien, Gängen, ein Werk des Borkenkäfers. Kreuz und quer verliefen sie, überschnitten sich - eine abstrakte

Grafik in Braun und Schwarz, die man ohne weiteres in einen Rahmen stecken und an die Wand hängen könnte. Am oberen Ende des Rindenstücks war ein Loch, ein Astloch, und plötzlich erinnerte ich mich an die vielen Astlöcher in vielen Rindenstückchen, durch die ich als Kind geschaut hatte. Ich wusste: man sieht die Töpfe, in denen die beiden Enden des Regenbogens stehen, sieht ins Land der Feen und Elfen und ins Schlaraffenland. Ich konnte Eltern und Geschwistern mit allen wunderbaren Details von den gebratenen Tauben erzählen, die den unter Bäumen liegenden Menschen ins Maul flogen, von den Knöpfen, die von den Hosen abgeplatzt waren, den Hühnerbeinen, die ihnen im Maul steckten. Sie hatten genickt, niemand hatte mir gesagt, ich löge ihnen was vor. Und wenn, ich hätte es nicht geglaubt. Ich wusste, was ich gesehen hatte, ich hatte mich doch nicht selbst belogen ...

Ich hielt es vors linke Auge - schaut man durchs rechte, sieht man nämlich nichts. Kaum zwanzig Meter von mir entfernt stand die grünliche vergammelte Holztafel, deren Buchstaben schwer zu entziffern sind und die dem Wanderer verkündet, hier beginnt das Moor. Es folgt eine Aufzählung all dessen, was verboten ist im Namen einer *Höheren Naturschutzbehörde*, ein Ausdruck, über den ich mich schon beim ersten Moorbesuch amüsiert hatte, denn was ist unter einer Höheren Behörde zu verstehen? Gibt es auch eine niedere, eine höchste oder gar eine allerhöchste?

Ich hielt auf die toten Bäume zu und stand wieder auf dem schmalen Knüppeldamm. Um nicht auszurutschen, prüfte ich vor jedem Schritt die glitschigglatten Bohlen, ging vorsichtig weiter, vorbei am aus dem Schlick ragenden Moorleichenarm, dem ich freundlich zuwinkte, den kleinen schwarzen Tümpeln, in denen sich dürre Äste und Binsen spiegelten ...

Rechts und links vom Damm lagen kreuz und quer und über-
einander Wurzeln, ragten aus dem Sumpf abgestorbene kahle
Bäume, deren Äste wie die Stacheln und Spieße urweltlicher
Ungeheuer in alle Richtungen zeigten, dazwischen wucherten
Heidelbeersträucher, lagen verstreut bemooste Felsbrocken und
längliche dunkle Torfbrocken, die, Krokodilen und anderen
Amphibien gleichend, durchs Gestrüpp krochen. Ich wollte das
Moor bis ans Ende durchqueren, dann weiter auf dem kleinen
Pfad, der mich durch das Wäldchen, das sich am Ende des Stegs
fortsetzte, zurückführen würde zum Parkplatz. Nach wenigen
Minuten ist man durch, hatte Augustin gesagt, aber ich war nicht
durch nach wenigen Minuten, das Moor kam mir größer vor als
letztes Mal, es schien sich auszudehnen, langsam, wie in Zeitlupe,
aber unübersehbar. Kein Zweifel: das Moor um mich herum
wuchs und ...

Ich fuhr zusammen. Etwa zwanzig Meter vor mir stand oder
schwebte einer auf dem Damm, lang, dünn, durchflossen, um-
flossen vom gleißenden Sonnenlicht. Kein Mensch - eine körper-
lose, durchsichtige Gestalt - mein Gott, was war das, dieses
gerippte Ding? Ich starrte es an - hob es nicht langsam, mich
herwinkend, den Arm? Dann verging es, löste sich einfach auf ...

Und mir schien, als ob die krummen Bäume, die verkrüppelten Kiefern, die dünnen Silberbirken, die Wacholderbüsche rechts und links des Knüppeldamms in Bewegung gerieten, sich aufmachten wie diese Bäume, die ihren Mörder ins Moor getrieben hatten. Und ich hörte, wie etwas zwischen ihnen hin und her ging, ein Rauschen, ein Flüstern, ein Raunen, ja, ein ein höhnisches Gelächter. Aber sie stürzten sich nicht auf mich, sie zogen an mir vorbei wie die Landschaft an einem vorbeizieht, wenn man aus dem Zugfenster schaut, als überholten sie mich, und wenn ich weiterstolperte, sah ich sie wieder, weil sie angehalten und auf auf mich gewartet hatten, der gleiche Baum, den ich im Rücken glaubte, stand nun vor mir, der Tümpel, an dem ich vorbeigekommen war, glänzte dunkel dort vorn, der Arm der Moorleiche deutete auf mich, diesmal zehn Meter vor mir. Ich wischte den Schweiß von der Stirn.

Was hatte man mit mir vor?

Was für ein Spiel trieb man mit mir?

Aber das war ja kein Spiel. Ich ahnte, spürte etwas, das ich nicht ahnen, nicht spüren wollte, weil meine Vernunft sich weigerte, die instinktive Bedrohung wahrzunehmen: dass da noch etwas in meiner Nähe war, das ich nicht sehen konnte, etwas Namenloses, das sich nicht zeigte, das aber zweifellos da war, etwas Lebendiges, das mich beobachtete, belauerte und nur auf den Augenblick zu warten schien, mich hinterrücks anzuspringen, hinabzuziehen ...

Mein Herz schlug wild, ich blieb stehen, traute mich nicht vor, nicht zurück. Und dann ...

Dann sah ich sie es, sah ich sie, ihren Kopf, ihr Gesicht. In dem kleinen schwarzen Loch neben dem Steg, unter der Oberfläche des trüben Wassers. Aus der Tiefe war sie gekommen, mich anzustarren mit dunkel glühenden Augen: die Moorkatz ...

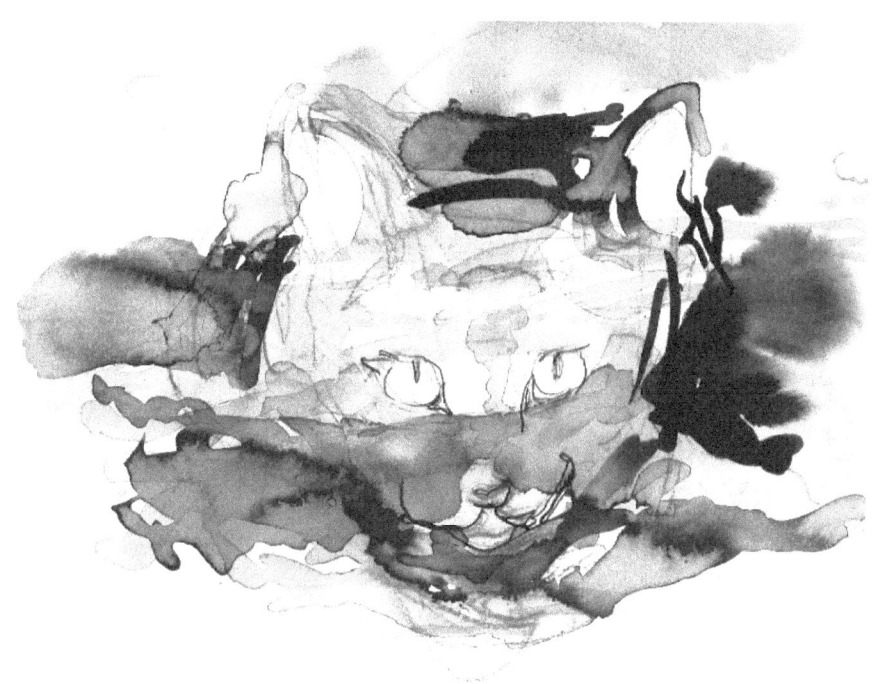

Ich riss einen Zweig vom nächsten Baum, stach damit in den Tümpel, erstach das Bild, zerstörte den dämonischen Kopf, der versank in der Tiefe, aus der er aufgetaucht war ...

Ich machte kehrt und hastete auf den schmierigen Bohlen so schnell ich konnte zurück, nur fort von hier und hinaus ins Freie, aber ich konnte nicht schnell, durch die Spalten in den Bohlen, die auseinander rückten, gähnte schwarz das Moorwasser, der Sumpf, von dem ich auf einmal mit Sicherheit, mit tödlicher Sicherheit wusste, dass er unendlich tief war, dass auf seinem Grund ein zertrümmertes Kloster lag, und nicht nur ein Kloster, da lag noch mehr auf dem Grund ...

Und ich eilte und lief und rutschte und glitt aus, der Weg nahm kein Ende, aber dann kam es doch, das Ende des unendlich langen, kilometerlang gewordenen Knüppeldamms, ich hatte wieder festen Boden unter den Füßen, und da war auch die verwitterte Holztafel, die aber, anders als zuvor, nun schief im Boden steckte. Aus einem unwiderstehlichen Impuls heraus - bei mir ist jeder Nagel gerade eingeschlagen, kein Bild würde sich erlauben, schief zu hängen - ergriff ich den Pfahl, an dem die Tafel befestigt war, um ihn geradezurücken, um eine Ordnung wiederherzustellen, die ebenso aus den Fugen war wie meine Gedanken und Gefühle. Dabei fiel mein Blick auf die Schrift. Aber da stand nicht

Moor, wie ich vorhin gelesen hatte, da stand etwas anderes: *Mors* las ich. Mors - so heißt Tod auf Lateinisch, die *Höhere Behörde* stand aber noch da, und das Wort hatte plötzlich einen anderen, makabren, unheimlichen Sinn ...

Ich rannte in Panik, kopflos, immer weiter durch das Wäldchen, Zweige schnellten mir ins Gesicht, hohe Farnwedel peitschten gegen die Beine, ein riesiger Pilz schoss aus dem Boden und blockierte den Weg, bis hierher und nicht weiter! Ich stolperte über ihn, riss ihn dabei aus der Erde. Sein gelbbrauner Hut war durchlöchert, überall krochen Maden, der Stiel verfärbte sich, noch während ich ihn in der Hand hielt, wurde erst grünlichbläulich, dann immer schwärzer, und er stank so bestialisch, dass ich ihn fallenließ, weiterrannte und gegen einen Baum prallte, der seinen Platz verlassen und sich mir in den Weg gestellt hatte. Ich konnte nicht mehr. Erschöpft lehnte ich mich an den Stamm. Was tun, wenn man sich fürchtet? Pfeifen, fiel mir ein, aber ich konnte nicht pfeifen, mein Mund war ausgetrocknet, und so brüllte ich, was mir gerade in den Sinn kam, diesen blödsinnigen Satz, den man abends x-mal im Werbefernsehen um die Ohren gehauen kriegt: *Bei Risiken und Nebenwirkungen lesen Sie die Packungsbeilage oder fragen Sie Ihren Arzt oder Apotheker...* Brüllte den Satz mindestens zehnmal in den Wald, bis ich mich in den Worten verhedderte und allmählich ruhiger wurde. Ich atmete tief und sah mich um. Sah vor mir den Trampelpfad, der mich nun ohne weiteres zurück zum Parkplatz brachte, auf dem, so Augustin, manchmal ein Bauer selbstgebrannte Schnäpse, Kartoffeln, Kirschen und Birnen anbietet und ein gutes Geschäft damit macht. Er stand nicht da, im November läuft nichts mehr - obwohl: einen Schnaps hätte ich jetzt brauchen können. Mindestens zwei Stunden musste mein Moorabenteuer gedauert haben. Ich sah auf die Uhr, eine knappe halbe Stunde war vergangen, seit ich den Wald betreten hatte ...

Ich schüttelte über mich selbst den Kopf. Was war in mich gefahren, was hatte Augustin mit mir gemacht, wie konnte ich ihm erlauben, mir mit seinen verdammten Geschichten den Boden unter den Füßen wegzuziehen, meinen klaren Verstand so zu benebeln, dass ich Sinnesverwirrungen und Sinnestäuschungen wie den soeben erlebten zum Opfer gefallen war? Dass ich glaubte, der vermaledeiten Moorkatz ins Gesicht zu sehen? Was hatte ich denn gesehen? Sonnenflecken, herabgefallene Blätter, dunkle Grasbüschel unter der Wasseroberfläche, Lichtreflexe - all das hatte sich zusammengefügt zu einem Kopf, einem Gesicht, dem Gesicht einer Katze, die böse herausstarrte aus dem Sumpf ...

Meine Einbildungskraft hatte mir ein Schnippchen geschlagen. Nichts als Halluzinationen. Etwas anderes kam nicht in Frage.

Oder doch?

Woher diese Dinge kommen, hörte ich Augustins Stimme, wissen wir nicht, werden wir wohl nie wissen. Vielleicht steigen sie auf aus unserem Innern und nehmen in unserer Realität, oder was wir dafür halten, Gestalt an. Vielleicht kommen sie auch aus einer anderen Realität, von der wir nichts wissen oder nichts wissen wollen, und dringen in die uns vertraute Welt ein. Jedenfalls - sie spielen nicht nach unseren Regeln.

∗

„Na?" fragte Augustin, „wie war's im Moor? Siehst reichlich ramponiert aus."

Wie er auf Moor komme, sagte ich, ich sei nur gemütlich über Felder und Wiesen spaziert, habe die Herbstzeitlosen bewundert und sei kein bisschen ramponiert. „Wie geht's dem coq?"

„Der bekommt gerade den letzten Schliff, das heißt, eine schöne Kruste." Er öffnete den Backofen einen Spalt weit: Riech mal!"

Mir lief das Wasser im Mund zusammen.

Während der coq, liebevoll umhüllt von Pilzen, Perlzwiebelchen und Speckwürfeln in einer würzigen Rotweinsoße seiner Vollendung entgegenschmurgelte ...

„Glaubst du, dein Computer hat was dagegen, wenn ich ihn nach Ida frage, Augustin?"

„Versuch's, vielleicht ist er gerade gnädig gestimmt."

Das war er und erzählte mir eine ganze Menge über Ida Boy-Ed, ihre unglückliche Ehe, die Freundschaft mit Thomas Mann, ihre Romane, ihr Grab in Lübeck (mit Foto). Auch verschwieg er nicht ihren Aufenthalt in Höchenschwand. Nein, Ida Boy-Ed war keine Fiktion, sondern Realität. Aber Idas Liebesaffäre verheimlichte er diskret. Die Frau faszinierte mich immer mehr. Ich bekam Lust, etwas von ihr lesen.

„Ihr interessantestes Werk, nämlich ihre Gedichte, wirst du leider nie zu Gesicht bekommen", sagte Augustin, „sie schildert darin - in Form von Elegien - die leidenschaftliche Beziehung zum alemannischen Geliebten. Sie geht dabei so ins Detail, dass ihr Verleger rote Ohren kriegte und sich weigerte, das Manuskript zu veröffentlichen. Aus dem Schamgefühl heraus, das der Dichterin leider abhanden gekommen sei."

„Da war sie ihrer prüden Zeit voraus", sagte ich, „wie unsere Äbtissin, die ihrem rotbepelzten Abtskater ebenfalls ziemlich undezente Liebeslieder gewidmet hat."

„Ein heutiger Verleger würde es als Meisterwerk verkaufen: Idas *Höchenschwander Elegien*, Goethes *Römische Elegien:* zwei Meilensteine erotischer Dichtkunst. Von Goethes Gedichten sind ja auch einige untern Tisch gefallen, weil man glaubte, ihre freie Erotik keuschen Augen und Ohren nicht zumuten zu können. Idas Manuskript ist leider unauffindbar. Perdu. Verloren. Viellleicht verstauben ihre Gedichte wie meine Bachkantate auf einem Dachboden in Höchenschwand, Heppenschwand, Frohnschwand, Amrigschwand, Wittenschwand oder sonst irgendeinem andern

‚schwand' und warten darauf, dass einer sie entdeckt und als litera-
rische Sensation der Öffentlichkeit präsentiert. Aber ich glaub
eher, dass sie neben dem Geliebten im Moor modern." Augustin
öffnete eine Flasche und schenkte zwei Gläser halbvoll. „Trinken
wir ..."

„Trinken wir auf Ida und Otto!" Ich hob mein Glas.

„Auf Otto und Ida!" Augustin hob das seine.

Wir tranken ex. Dann fiel mir ein ... „Du hast doch die Gedichte
gar nicht gelesen, Augustin."

„Aber Thomas Mann. Der erwähnt sie mit neidvoller Bewunderung in seinen Tagebüchern. Hier, den kannst du putzen!" Er warf
mir einen Salatkopf zu.

„Was ich gern wüsste: diese angebliche, wirkliche oder überhaupt nicht existierende Tochter Idas und ihres Heimatdichters,
was ist aus der geworden?"

„Die Gerüchteküche brodelte. Offenbar erblickte dieses Kind
der Liebe um 1885 herum das Licht der Welt in Höchenschwand.
Die standesamtlichen Unterlagen sind nicht mehr aufzufinden,
auch das Kirchenregister schweigt sich aus."

„Vielleicht liegen die auch im Moor", vermutete ich.

„Mag sein. Das Kind wurde von einer Familie - die Frau war
eine Verehrerin Idas - adoptiert, wobei Mutter Ida für die Kosten
aufgekommen sein wird. Um 1910 ist die junge Frau, die es hier
wohl zu kalt, zu muffig und zum Gähnen langweilig fand, wie's
scheint, nach Südamerika ausgewandert, auf der Passagierliste der
Benito Juarez fand sich ihr Name: Cornelia Albiez - Albiez, so heißt
hier jeder dritte. Sie kommt bis nach Feuerland, an die Südspitze
des Kontinents, verliebt sich in einen Schafzüchter, mit dem sie
sieben Schäflein in die Welt setzt, deren Kinder und Kindeskinder
ebenfalls fruchtbar sind und sich, wie es der liebe Gott Adam und
Eva empfohlen hatte, wacker mehren und von denen es einige in
die alte Heimat zurückzieht."

146

„Was du alles weißt, Augustin!"

„Ich hab's von Conny. Für die Salatsoße nimmst du zwei Löffel Öl und einen Spritzer Essig. Conny ist eines dieser Kindeskinder. Senf fehlt noch, aber nur ganz wenig. Ihr Name erinnert ja an Ahnfrau Cornelia. Sie besitzt alte Briefe, Photos und ein paar vergilbte Zeitungsberichte über eine gewisse Ida Boy-Ed, die nahelegen, dass sie eine Nachfahrin dieser Ida-Tochter und also mit der Dichterin verwandt sein muss. Außerdem ist Conny ein Sternenkind."

„Sie kommt doch von keinem Stern, sondern nur aus Feuerland."

„Aber sie trägt ein Sternchen auf der linken Pobacke."

„Was geht dich Connys Pobacke an?"

„Nichts. Die Hebamme, mit deren Hilfe die Kleine das Licht der Welt erblickte, hat es bei Mutter und Kind gesehen und ausgeplaudert. Alle weiblichen Nachkommen Idas sind offenbar damit gesegnet. Die männlichen sollen abstehende Ohren haben."

„Besser so als andersrum", fand ich.

„Ein weiterer Beweis ist Connys Kratzhand. Nein, sie haut und kratzt nicht, mit so einem Ding kann man sich an Stellen kratzen, wo die Hand nicht hinkommt. Ein edles Stück aus Elfenbein, besonders fein gearbeitet. Auf dem langen Kratzhandarm sind drei Buchstaben eingraviert: IBE. Was sagt dir das, Heinrich?"

„Dass Ida sich damit gekratzt hat."

„Vermutlich ein Geschenk Ottos. Das Ding wurde immer von der Mutter auf die Tochter vererbt. Conny fühlt sich hier wohl, sie töpfert und gibt Kurse im Tangotanzen. Außerdem ist sie ein Sprachgenie, spricht Englisch, Deutsch, Feuerländisch und kann blöken. Letzteres fließend." Er verstehe zwar nicht, so Augustin, was die Schafe und Conny einander erzählten, aber aus dem heiteren Geblöke schließe er, dass es ziemlich lustig sei. Besonders die kleinen Bählämmer liefen ihr nach wie die Gänsekinder dem berühmten Verhaltensforscher Konrad Lorenz. „Du siehst, Heinrich, der Kreis rundet sich, und in den Salat kommt noch, damit auch der sich rundet, eine Handvoll Nüsse. Jetzt gut durchmischen. Bist du eine reine Jungfrau?"

Ich verneinte empört.

„Hast du nicht gewusst, dass früher nur eine solche den Salat mischen durfte?"

Ich mischte, obwohl keine reine Jungfrau, gut durch.

Er öffnete die Backofentür. „Fertig!"

Der coq au vin war dann eine Wucht.

*

„Nach dem Essen ist gut ruhn", erklärte Augustin und schickte mich ins Bett. Er müsse noch ein bisschen üben, nächste Woche treffe er sich wie jeden Monat mit einer anmutigen Geige, einer gefühlvollen Bratsche sowie einem empfindsamen Bass zu einem kleinen Hauskonzert.

Mir war's recht. Noch schnell nach den Täubchen sehen, ich warf einen kurzen Blick auf das Bild überm Kamin. Alle drei weg. Die Katze lag zusammengerollt vor der Kapellentür inmitten zerstreuter weißer Federchen, hatte den Kopf unterm Schwanz versteckt und schlief den Schlaf dessen, der einen vollen Bauch hat. Ich tippte sie an. Sie hob blitzschnell den Kopf, fauchte und fuhr eine Pfote aus. Von meinem Finger tropfte Blut. „Blödes Viech!" sagte ich beleidigt, leckte das Blut ab, begab mich in mein Zimmer und hörte noch einige Zeit Augustin und der Dame Viola zu, die miteinander spielten: eine getragene, fast schwermütige Melodei - ein Wort, das ich schöner fand als Melodie ...

Largo ...

Ich kannte die Tempobezeichnungen, hatte mich zwei Jahre auf dem Klavier herumquälen müssen und es aus Trotz nie über den Flohwalzer hinausgebracht.

148

Mein sonst so aufgeräumter Kopf war weinvernebelt - der coq hatte nicht nur im Rotwein geschmurgelt, wir hatten diesem auch reichlich zugesprochen. Beine und Zunge waren schwer. Aber trotz Müdigkeit weigerten sich meine Gedanken, zur Ruhe zu kommen. Augustins Art, über diese mysteriösen Dinge zu reden, verwirrte mich. Manchmal war sein Ton leicht, frozzelnd, fast ironisch, als habe er seinen Spaß daran, mich auf die Schippe zu nehmen, dann wieder ganz ernsthaft, als glaube er selbst, was er mir auftischte. Ich wusste nicht, woran ich mit ihm war. Und ich wusste nicht mehr, woran ich mit mir war. In meinem aufgewühlten Gemüt jagten sich ständig wechselnde Bilder, Gesichter ...

Lento - langsam ...

Da ist Clara. Clara ist weg. Hinter sieben Bergen, bei sieben Zwergen. Sagt Augustin. Agustin sagt viel. Aber Augustin sagt auch vieles nicht. Jedenfalls: Clara ist ein Geheimnis. Oder sie hat eins.

Adagio – ruhig ...

Und da ist Ida Boy-Ed. Auch sehr geheimnisvoll. Hat hier an ihren Werken geschaffen. Und sie hatte eine Affaire. Mit Rainer Maria Rilke. In Haus Tannenbaum. Unsinn, nicht mit Rilke, sondern mit Otto. Otto Maria Göggel. Dabei herausgekommen ist ein Kind. Ein Mädchen. Dann ist Ida abgereist und später wieder zurückgekommen. Aber nicht lebendig. Ida ist tot zurückgekehrt. Sagt Tobias, der nette junge Mann mit dem Hang zu säuerlichen Äpfeln, Wecken mit heißem Fleischkäs und zum Unheimlichen.

Andante - sanfte Bewegung ...

Clara, denk ich, Ida, denk ich, Clara und Ida und Ida und Clara. Ida und Clara fließen ineinander ...

Doppeltriller ...

Meine kleinen Zellen arbeiten, wie die Hercule Poirots, fieberhaft. Clara backt Katzen. Nein, stimmt nicht, die Katzen backt

Tobias' Oma. Clara schreibt Geschichten über Katzen. Ida schreibt Romane über gescheite, tapfere, selbstbewusste Katzen. Oder Frauen. Ist ja auch egal.

Die Musik wird etwas lebhafter - a*llegretto* ...

Die Gedanken rotieren. Ist Clara schizophren? Eine gespaltene Persönlichkeit? Sowas soll's geben. Clara unterhält sich oft mit Ida, mit deren Porträt. Clara weiß alles über Idas Leben, Idas Geschichte, Idas Geschichten, Idas Liaison und deren Folgen. Lauter kleine schwarze Kätzchen, die die Nonnen herzlos ins Moor ...

Nein, kein Kätzchen, ein Baby mit einem Sternchen am Po, ein Sternenkind ...

Noch kühner: Ist Clara womöglich eine Reinkarnation Idas? Deren dichterisches Talent hat sie mitgebracht in die neue Existenz. Nur, dass sie jetzt über Katzen schreibt statt über mutige Frauen ...

Vivace, lebhaft ...

Ein Roman Idas heißt *Die Sünderin*. Meint sie sich? Mit wem hat sie gesündigt? Ist Ida womöglich auch eine Reinkarnation? Die Reinkarnation jener sinnenfrohen, auf ihr Keuschheitsgelübde gepfiffen und gegen das lästige sechste Gebot gesündigt habende Äbtissin, die jetzt als schwarze Katz im Moor herumgeistert? Warum war Ida so wild auf Moorkatzen mit schwarzem Bitterschokoladenguss? Und auch Ida schreibt erotische Elegien. Wie damals als Äbtissin.

Vivacissimo - sehr lebhaft ...

Und Thomas Mann: was weiß der? Hatte der was mit Ida? Nein, der Dichter himmelte ja seinen Tadzio an, den bildschönen Knaben aus der Novelle, der hat einem anderen Dichter den Kopf verdreht, den dann zur Strafe in Venedig die Cholera erwischt, und auch mir verdreht, nein, dreht sich alles im Kopf ...

Presto - schnell ...

Ich kombiniere: Wir haben zwei Äbte, beide äußerst lüstern. Der vom Kloster Bierbronnen nach Sex, der von St. Blasien nach Bachkantaten. Und beide haben es mit Katzen. Der eine mit einer schwarzen, der andere, so zeigt ein Kupferstich, mit einer kleinen Katze. Ist Abt Gerbert vielleicht doch die Reinkarnation jenes Bierbronner Abts, und er hat nur die Leidenschaft und die Katz gewechselt?

Prestissimo - sehr schnell ...

Und was ist mit Conny, Nachfahrin Idas mit Sternchen auf der Pobacke und Kratzhand, sanft blökend und wild über der Dom-kuppel in St. Blasien tanzend, vermutlich Tango? Was würde Fürstabt Martin Gerbert dazu sagen? Ein erotischer zackiger Tan-go auf einer runden katholischen Kuppel? Conny ist ebenso geheimnisvoll wie Clara und Ida. Meine Stirn glüht.

Allegro furioso - stürmisch ...

Ist Conny womöglich gar nicht Conny? Ist Conny Clara? Wenn aber Clara auch Ida ist, warum nicht gleich noch Conny dazu? Also ein Dreierpack? Clara selbdritt? Unsinn, *Anna selbdritt* sagt man zu einer Heiligenfigur, bestehend aus Mutter Anna, Tochter Maria und Jesuskind. Und die drei Damen haben weiß Gott nichts Heiligmäßiges, im Gegenteil eher was Verruchtes: Idas Roman heißt *Die Sünderin,* Conny töpfert schamlos nackige Schlafwandler und -innen, Clara weigert sich, ihre dreckigen Fensterscheiben zu putzen. Oder haben wir gar eine Viererbande? Clara, Oda, Conny und die Äbtissin?

Con brio - mit Feuer ...

Augustin haut in die Tasten. Nein, in die Saiten. Aber Saiten haut man nicht, er streichelt sie - nein, er streicht sie. Der Grüne-waldengel hält sich die Ohren zu. Wie ich. Mögen Engel Moor-katzen mit Schokoguss? Muss ihn mal fragen. Meine Gedanken werden immer blauer, wie die Schweine dieses romantischen

Züchters, von dem Augustin erzählt hat. Sie machen Purzel-bäume, Rolle rückwärts, wirbeln durcheinander ...

Appassionata - leidenschaftlich ...

Ida liegt im Moor. Vielmehr die Urne mit Idas Asche. Clara - wo liegt, wo ist Clara? Hockt sie wirklich in dieser Zwergenpension und schreibt, nebenher eine Schokoladenmoorkatz von Tobias' Oma nach der andern mampfend? Oder liegt auch Clara, wenn sie nicht Conny ist, im Moor? Ganz, am Stück, oder in einer ebenfalls geschmackvollen Urne? Aber warum liegt sie im Moor?

Forte - sehr laut, kraftvoll ...

Und Conny, wenn sie nicht Clara ist, wird auch sie bald - Liegen demnächst also drei im Moor? Mit Otto Maria Göggel vier? Zwei in einer Urne, zwei ganz, als Moorleichen?

Fortissimo ...

Wie geht's denn so, mein Alter? krächzt der Rabe, plustert sich auf, sprüht grüne Funken. Alles klar? Mein Schädel brummt, heb dich fort, Rabenvieh! Der Kerl kratzt sich mit Idas Kratz-krallenhand und hebt sich fort. Und wo bleib ich? Noch lieg ich hier in meinem Bett, aber warte nur, balde, sie holt dich, sie packt dich, nein, mich packt sie, holt sie, die Katz, die Strohkatz, die Moorkatz ...

Die Musik bricht jäh ab. Alle Saiten gerissen ...

Am fünften Tag

Die Katz ist tot, es lebe die Katz. Bärenkantate, aber nicht von Bach. Claras Geheimnis. Der Höllenhirsch. Sein oder Nichtsein. Gruß von Conny. Vom Wandeln über Abgründe

„Wie lang willst du noch deinen Rausch ausschlafen? Erstmal gibt's ein verpätetes Frühstück - es ist halb zwölf - dann brauchst du dringend frische Luft um die Nase. Siehst ganz verkatert aus." Augustin hatte mich wachgerüttelt. „Welcher Katze verdankst du diesen Kratzer am Finger?"

„Keine Ahnung, wo ich mich da verletzt hab - nicht der Rede wert."

Suggeriert man jemandem, so hab ich irgendwo gelesen, der sich in einem herabgesetzten Bewusstseinszustand befindet, also in Hypnose, in Trance oder auch im Suff, man drücke eine Zigarette auf seinem Arm aus oder er habe sich in den Finger geschnitten, kriege dieser sofort eine Brandblase oder es bilde sich ein blutender Schnitt, die aber rasch wieder verschwinden. Ich hatte mir, bedudelt wie ich war, eingebildet, die Katze kratze mich, und also brav ein paar Blutstropfen produziert - das war's, so muss es gewesen sein.

Am Bauernmarkt hielt Augustin kurz, um einen Sack Dinkelkörner zu kaufen. Es roch nach Verbranntem. Dann sah ich sie. Vielmehr ich sah sie nicht. Nicht mehr.

„Augustin, die Katz ist weg. Dieses Trumm von einer Strohkatze, ganz hinten am Ende der Wiese, die behauptet hatte, ich sei ihr Geliebter, in die ich im Traum hineingekrochen bin."

„Die ist heut nacht verbrannt. Ich hab den Feuerschein gesehen."

„Aber wer tut sowas? Und warum?"

„Hier hält man auf Tradition. Früher hat man Hexen verbrannt, die letzte war Apollonia Freyin, eine Wirtsfrau aus Himmelreich

154

bei Freiburg. Wegen ‚malefizischer Verbrechen', wie das damals hieß. Jemand verbrennen ist ein schöner alter Brauch, und das Brauchtum wird hier gepflegt. Hexen verbrennen ist heute ja verboten, aber unsere Strohkatz geht immer in der letzten Nacht des Wettbewerbs in Flammen auf. Sei froh, dass du rechtzeitig aufgewacht bist."

„Die Katz ist tot, es lebe die Katz!" sagte ich.

„Und die Moorkätzchen." Tobias kam herbeigerannt und schwenkte eine Tüte. „Die sind übriggeblieben. Wenn Sie mögen - aufgebacken sind die wie frisch."

Wir fuhren weiter nach Strittberg, einem zwar malerisch gelegenen, aber bedauernswerten kleinen Weiler, der, im Gegensatz zu Strittmatt, nur drei armselige ‚t' aufweisen kann, ließen den Wagen stehen und gingen auf Feldwegen hügelauf, hügelab. Der Hochnebel hatte sich inzwischen aufgelöst, die Sonne war durchgekommen. Herrlich der Blick auf die Alpenkette, die Attila, den barbarischen Hunnenkönig, nicht vom Hocker gerissen hatte. Eine trotz der riesigen Dampfsäule, mit der das Atomkraftwerk Leibstadt den klaren Himmel schändete, idyllische Gegend, in der mysteriöse Ereignisse mich geradezu überrumpelt hatten.

Damit war nun Schluss. Ich war wieder im Gleichgewicht. Die klare kalte Luft putzte mein Gehirn bis in den hintersten Winkel gründlich durch. Statt im trüben Sumpf des Okkultismus zu versinken, wandelte ich wieder im hellen Licht gesunden Menschenverstandes, den mein Freund Augustin versucht hatte einzulullen. Mit Kaminfeuer, schwerem Rotwein und zwielichtig-mystischen Behauptungen mehr oder weniger berühmter Zeit- und Unzeitgenossen ...

Ich dachte an all die Bären, die er mir in den letzten Tagen aufgebunden hatte. Denn es mussten Bären gewesen sein. Und was für Bären!

Der erste Bär: Durch mein Gemüt zog der charakterlose, von Clara einen marktorientierten Gruselkrimi fordernde Verleger, den im Moor sein gerechtes Schicksal ereilte ...

Der zweite Bär: Eine Katze, vielmehr, eine Riesenkatzenbestie mit Riesenkatzenbestienspuren ...

Der dritte Bär: Ein Pärchen, das sich nicht benimmt, wie es sich in einem anständigen christlichen Kloster gehört. Statt ora et labora - sex and crime ...

Der vierte, fünfte, sechste Bär: Die mitternächtlich spukenden, spuckenden, maulfaulen Nonnen. Der von rachsüchtigen Bäumen ins Moor gejagte Baummörder. Der Maler, der nur malt, was seine inneren Augen sehen.

Weitere Bären: Die ominöse nächtliche Quantenkuh. Der Professor, mit seinem längst dahingegangenen Herzensdichter um einen Kirschbaum herumwandelnd und diesen sich selber erklärend. Der sich auf den sanften Wellen des Schluchsees, dann des Titi- und demnächst wohl auch auf des Titicacasees wiegende Nixenvamp mit Zack. Der Grünewaldsche Gambenengel, der sich geniert, wenn einer zuhört. Der krachende Schrank, der die Herren C. G. Jung und Sigmund Freud das Gruseln gelehrt hat. Der von Blitzen geradezu verfolgte Onkel. Der Mann, der die Welt mit blauleuchtenden Schweinen verschönern will. Ida Boy-Ed, die nach ihrem Hinscheiden herumspukende Dichterin und Thomas Mann-Vertraute, die, hier weilend, an ihren Werken schuf und so allergisch auf den hiesigen Dialekt reagierte, dass sie sich mit einer elfenbeinernen Kratzhand blutig kratzen musste. Otto Maria Göggel, Heimatdichter mit allergieauslösendem alemannischem Zungenschlag. Conny, Erschafferin von Schlafwandlern und -innen, die mit Schafen reden kann, wie weiland der heilige Antonius von Padua mit Vögeln und Fischen. Und all diese wahrhaft rotzfrechen Erklärungen biederer hiesiger Ortsnamen. Und so weiter und so weiter und so weiter ...

Bären ohne Ende zogen an mir vorüber, mir mit ihren Bären-
tatzen zuwinkend und die verschollene und wieder aufgetauchte
Bachkantate, die *Bärenkantate* brummend, die sich der gierige
Fürstabt Martin Gerbert, der Dame Musica verfallen, an sich
gerafft hat ...

Mein Bedarf an Bären war gründlich gedeckt. Aber ich wollte
Augustin noch was Nettes sagen, schließlich hatte er sich große
Mühe gegeben, mir etwas zu bieten und mich gut zu unterhalten.

„Bevor ich dich nachher verlasse, Augustin, muss ich es einfach
loswerden: Ich gratuliere dir zu deiner Clara. Ich bewundere sie
außerordentlich. Diese Sache mit dem toten Verleger im Moor,
der Moorkatz, den Riesenmoorkatzenspuren, dem versunkenen
Kloster - das schreit doch geradezu nach einem Gruselkrimi. Clara
könnte ihn zweifellos schreiben. Aber sie wird es nicht tun, sie
schreibt ja, und das ehrt sie in meinen Augen, aus Prinzip nicht
marktorientiert. Schade, dass sie so gar nicht da ist, ich würde ihr
gern meine Hochachtung ausdrücken."

Augustin lächelte ein irgendwie hinterfotzig-teuflisch-tückisches
Lächeln. „Fasse dich, Heinrich!" Er blieb stehen und legte mir die
Hand auf die Schulter. „Diese Geschichte von der Moorkatz -
Clara hat sie schon geschrieben."

„Was?"

„Mit allen Leichen, die auf dem Grunde des Moors ruhen oder
gelegentlich einen Arm oder ein Bein herausstrecken, um dem
Wanderer einen Schrecken einzujagen."

Ich blieb stehen. „Ich bin erschüttert. Augustin. Da hat Clara ja
ihre edlen, nicht marktgerechten Prinzipien verraten."

„Es ist schwer, mit reinen Händen durchs Leben zu kommen,
mein Freund. Verleger hassen reine, unbesudelte Autorenhände.
Je mehr Dreck und Blut dran kleben, desto verkaufsfördernder.
Es war die einzige Möglichkeit für Clara, den Mann ganz legal und
auf anständigem literarischem Niveau umzubringen."

Ich holte tief Luft. „Ja, das seh ich ein. Der Zweck heiligt bekanntlich die Mittel, da will ich mal nicht so streng sein."

Er schüttelte mir die Hand. „Danke, Heinrich, in Claras Namen."

„Weiß er denn, dass er tot im Moor - in der Geschichte liegt?"

„Er wird es wissen, wenn er es zu lesen bekommt."

„Hat sie schon einen Titel?"

„Was hältst du von *Geh nicht ins Moor, wenn's dunkel ist ...?*"

„Da kriegt man ja eine wohlige Gänsehaut. Dann hat Clara alles nur erfunden?"

„So ist es. Der Kerl wollte ja unbedingt einen Gruselkrimi. Jetzt hat er ihn."

„Ich hoffe, das Buch erscheint bald. Mit stimmungsvollen Illustrationen, am besten in Schwarzweiß, das könnte ausgesprochen bibliophil wirken. Ich bestelle im voraus schon mal zehn Exemplare, mit persönlicher Widmung von Clara, und von der Moorkatz mit einem Pfotenabdruck signiert."

„Die Sache mit der Moorkatz", sagte Augustin, „war aber nur der Anfang. Wenn Clara mal Feuer gefangen hat, ist sie nicht zu löschen. Und damit die Geschichte nicht zu kurz gerät - Verleger mögen keine Erzählungen, die wollen immer Romane, die sich angeblich besser verkaufen -, hat sie noch viel mehr hineingepackt, alles, was hier in der Gegend kreucht und fleucht und schnauft und rauft und lebt und stirbt und herumspukt und spuckt und mordet und gemordet wird: Wirkliches, Überliefertes, Erzähltes, Geglaubtes, Erfundenes, Erlogenes, Geträumtes, an den Haaren Herbeigezogenes, aus den Fingern Gesogenes, aus dem Boden Gestampftes, aus der Luft Gegriffenes, aus dem Ärmel Geschütteltes - alles was Glaube und Aberglaube nur hergeben."

Ich schlug mir an die Stirn. „Ha! Jetzt versteh ich diesen Satz, den Clara mit Kreide auf ihre Tür geschrieben hat: *Der Aberglauben ist die Poesie des Lebens. Darum schadet's dem Dichter nicht, abergläubisch zu sein."*

„Clara hat's geschrieben, doch eingefallen ist es einem andern: Goethe."

„Gibt's irgendwas, wozu der sich nicht maßgeblich geäußert hat?"

„Nein. Was immer er sagt - er bringt's auf den Punkt."

„Aber dieser Verleger hat auf einem gerüttelten Maß an Erotik bestanden. Davon hab ich nichts mitgekriegt."

„In dieser Beziehung ist meine Clara wie Thomas Mann eher genierlich, scharfen Sex in allen Details zu schildern, ist nicht ihr Ding. Sie kam auf die Idee, solche Schilderungen Ida in die Schuhe zu schieben und erotische Elegien schreiben zu lassen. Es wird Idas Ruf nicht schaden, im Gegenteil, es verleiht ihr ein gewisses frivoles Flair, und da die Elegien vermutlich im Moor liegen, sind sie dem gierigen Zugriff einer voyeuristischen Nachwelt für immer entzogen."

„Genial!" sagte ich voll Bewunderung.

„Find ich auch. Aber Clara hat noch etwas erfunden, und das wird dich hoffentlich ebenso amüsieren wie mich."

„So? Was denn?"

Augustin deutete auf eine Bank am Wegrand. „Setzen wir uns. Du wirst es nötig haben."

Wir ließen uns nieder. „Also: was hat Clara in ihrem dichterischen Furor noch erfunden?"

„Dich."

„Was?"

„Clara hat hat auch dich erfunden. Auch du bist nur eine diese Geschichte allerdings enorm bereichernde Figur. Du kannst mir folgen?"

„Sie - mich - erfunden?"

„Von vorne bis hinten und von oben bis unten. Was du denkst, was du fühlst, was du sagst oder nicht sagst, was du tust."

Ich protestierte. „Das ist ein dicker Hund, Augustin. Ein Eingriff in meine Privat- und Intimsphäre, den ich nicht akzeptiere. Mich kann man nicht einfach so aus dem Ärmel schütteln, aus dem Boden stampfen."

„Man kann. Du bist Claras Geschöpf, Heinrich. Sie findet dich übrigens nicht besonders kompliziert, einen wie dich kriege man leicht hin, hat sie gesagt, du seist ja nur ein Mann."

„Da geht sie aber entschieden zu weit. Pater Anselm Grün, unser Seelenbegleiter im Seminar hat hat mir versichert, ich sei eine äußerst komplexe vielschichtige Persönlichkeit. Und ich weiß ganz bestimmt, dass es mich gibt. Immer gegeben hat. Schließlich hab ich eine Vergangenheit."

„Das würde auch Rumpelstilzchen behaupten, wenn du es fragen könntest. Oder der schlaue Odysseus. Oder Robinson Crusoe. Clara hat dich natürlich samt Vergangenheit erfunden, was ihr enorm Spaß gemacht hat, die schleppst du mit dir herum wie einen Rucksack. Du weißt, was drin ist. Sie auch. Weil sie's hinein getan hat. Der Erfundene merkt nichts davon, es tut ja auch nicht weh, er hält sich natürlich für real existierend. Denk an Matthias Claudius: *Der Mond ist aufgegangen* ... In der letzten Strophe sagt der Dichter: *Wir wissen gar nicht viel ...*"

„Es wird ja immer toller. Gleich wirst du mir erzählen, Clara habe auch den Mond erfunden. Und das Eichhörnchen, das gerade senkrecht den Stamm dort runtersaust, ist das auch ihre Erfindung?"

„Selbstverständlich. Clara hat eine Schwäche für Eichhörnchen, wir haben drei Stück, die uns arm fressen."

Ich zeigte zum Himmel. „Den lieben Gott - hat sie den vielleicht auch ...?"

Augustin wiegte den Kopf. „Ich glaub, so weit würde sie nun doch nicht gehen, der ist nun wirklich schwer fassbar. Meine Clara kennt ihre Grenzen."

„Ein starkes Stück. Da glaubt man, es gebe einen, und dann ist man nur das Produkt der Phantasie von jemandem, der keine Fenster putzt, dem Liebsten nachts die Decke wegzieht und ehrbaren Leuten einen Bären nach dem anderen aufbrummt."

„Nimm's leicht, Heinrich. Ein Geschöpf der Phantasie - denk an Don Quijote - lebt oft länger als jemand, der trocken und phantasielos vor sich hinwurstelt und dem keiner eine Träne nachweint."

„Du willst sagen, ich wurstle?" fragte ich empört.

Augustin zog mich hoch und erklärte, er habe einen kalten Hintern gekriegt. „Laufen wir noch ein Stück, dann kommst du besser drüber hinweg." Und während wir weiterliefen: „Woher, mein Lieber, sollten wir auch ganz sicher wissen, dass es uns wirklich gibt? Ich sagte es schon mal: Wir sind mehr, als wir zu wissen glauben. Oder weniger. Oder wir sind gar nicht."

Ich blieb stehen. „Aber wie ist's mit dir, Augustin? Bist auch du einer von Claras Bären?"

Er zuckte die Schultern. „Keine Ahnung. Bei ihr bin ich mir nie ganz sicher. Mit Clara ist es nie langweilig."

„Man könnte ja noch weiter gehen: Vielleicht ist Clara auch ihr eigener Bär. Vielleicht hat sie auch sich selber erfunden, der Gedanke liegt doch nah, oder? In den Feuilletons kannst du's bis zum Überdruss lesen, dass sich wieder mal jemand neu erfunden habe."

„Zuzutrauen wär's ihr. Sie hat nun mal eine blühende Phantasie, die, wie du siehst, vor nichts und niemandem zurückschreckt. Vielleicht nicht mal vor sich selber."

Ich kam in Fahrt. „Es gäbe da noch eine Möglichkeit. Der große Erfinder - bist du. Du hast mir einen Bären aufgebunden, einen Bären namens Clara, der in Wirklichkait eine schwarze Katze ist.

Oder eine schwarze Katze, die eigentlich eine Frau ist, die sich einen ganzen Roman zusammenphantasiert."

„Das ginge nur, mein Lieber, wenn ich, was ich ja nicht ausschließen kann, nicht selbst erfunden wäre. Und kann ich denn als von meiner Frau Erfundener meine Frau erfinden, die diese Geschichte erfunden hat?"

„Hast recht. Da würde die Katz sich in den Schwanz beißen. Die Moorkatz. Sag mal: Glaubst du, dass der Leser dieser von deiner womöglich erfundenen Clara womöglich erfundenen Geschichte, der es bis hierher geschafft hat, noch mitkommt? Wobei ich natürlich die Leserin einschließe, man will ja die Damen nicht dadurch vergrätzen, dass man sie nicht eigens erwähnt, was ich allerdings auf die Dauer etwas mühselig finde, außerdem verhunzt es den besten Stil."

„Keine Ahnung", sagte Augustin vergnügt. „Soll er, soll sie sich halt ein bisschen den Kopf zerbrechen. Kopfzerbrechung beugt, wie man weiß, der Demenz vor."

„Der Leser, die Leserin könnte auf den naheliegenden Gedanken kommen, auch sie seien bloß erfundene Bären oder Bärinnen. Was ihr Weltbild so erschüttern könnte, dass sie von nun an heulend und mit den Zähnen klappernd durchs Leben irren würden."

„Man kann's auch positiv sehen", sagte Augustin. „Ist doch manchmal ganz gut, wenn einem ab und zu das Weltbild zerdeppert wird. Weil es einen zwingt, sich neu zu orientieren. Auch wärst du nicht der erste Ansichselbstzweifler. *Ist min leben mir getroumet, oder ist ez war?* fragte sich vor achthundert Jahre Herr Walther von der Vogelweide. Und der spanische Dichter Calderon nannte eines seiner Stücke *Das Leben ein Traum*. Wer sich selbst in Frage stellt, befindet sich in allerbester und ehrenwerter Gesellschaft."

„Aber man möchte doch gern gefragt werden, bevor jemand einen erfindet", sagte ich vorwurfsvoll. „Schließlich hat man gewisse Qualitätsansprüche und eine Vorstellung davon, wie man gern sein möchte."

„Trag's mit Würde", empfahl Augustin. Wir standen vor einer vergatterten Wiese, auf der eine Geißenschar graste, weiter hinten meditierte mit gesenkten Ohren ein Esel, daneben lag eine Frieden ausstrahlende wiederkäuende Kuh, ganz eindeutig keine aus Plastik. Die gehörten dem Fendt, sagte er, dem Biobauern, der wohne in dem orangeroten Haus dort hinten, wahrhaftig keine Zierde der Landschaft, aber sein Ziegenkäse werde ihm auf den Wochenmärkten der Umgebung aus der Hand gerissen.

Es waren hübsche, braunweiß gefleckte, zierlich gehörnte Tiere. Sie hoben die Köpfe, musterten uns kurz mit blitzgescheiten Augen, meckerten, wozu sie keine Batterie im Bauch brauchten, ein bisschen spöttisch - ich möchte nicht wissen, was sie einander zumeckerten, sie fanden uns wohl nicht besonders eindrucksvoll -, senkten die Köpfe und rupften Gras - ein sanftes, ungeheuer nervenberuhigendes Geräusch, das man aufnehmen und abspielen sollte, wenn man unter Einschlafschwierigkeiten leidet. Man würde schnell, leicht und glücklich in Morpheus' Arme hinüberdämmern ...

Und während Augustin eine besonders zutrauliche Geiß, die ihren Kopf durchs Gatter streckte, er nannte sie seine kleine Geliebte, zwischen den Hörnern kraulte, dachte ich darüber nach, ob womöglich auch die Geißen eine Clarasche Erfindung waren, ob es ihnen etwas ausmachte, wenn sie drum wüssten, und ob sie es verstehen und sich drüber amüsieren würden. Vielleicht mehr als ich, dachte ich, Geißen gelten, anders als Schafe, und vielleicht auch anders als so manches Nichtschaf - sprich Mensch - als hochintelligent und äußerst humorvoll.

„Conny - du sagtest, sie könne fließend blöken. Aber kann sie auch meckern?"

„Sie arbeitet fest daran. Meckern, sagt sie, sei etwas schwieriger, differenzierter, es habe eine komplizierte, ganz eigene Grammatik. Aber bei ihrer Sprachbegabung wird sie wohl bald soweit sein. Mit Schafen blöken, mit Geißen meckern, mit Menschen in Deutsch, Englisch und, nicht zu vergessen, in Feuerländisch schwätzen - das kann nicht jede."

„Vor allem nicht, wenn auch Conny ein Clarascher Bär und somit von dieser erfunden sein sollte."

„Ja, dann wäre das eine noch größere Leistung." Augustin schmuste mit seiner wohllüstig meckernden kleinen Geliebten, und ich gab es auf, weiter darüber nachzudenken, wer noch alles Claras Phantasie entsprungen sein könnte. Sonst tun sich einem Abgründe auf, in die man besser nicht hineinschaut.

*

Gegen Abend brachte der Mechaniker den Wagen. Er hatte die angenagten Schläuche durch neue ersetzt, Bremsen und Lichter kontrolliert, das Auto vollgetankt und durch die Waschanlage geschickt. So glänzend und sauber stand es da, dass ich es kaum wiedererkannte.

Ich dankte Augustin für seine Gastfreundschaft, die Kamingespräche, seine wilden Geschichten. „Hab mich großartig unterhalten, mein Lieber" - ich schlug ihm auf die Schulter - „hab selten so gebechert, bin selten so viel herumgelaufen, und was ich so zusammengeträumt hab, ist natürlich dem Reizklima hier oben zu verdanken."

Augustin grinste breit. Er bekomme nur wenig Besuch in seiner Waldeinsamkeit, da drehe er, wenn er schon mal ein Opfer finde, halt gern etwas auf, und ich hätte ja schön mitgespielt.

„Eigentlich hätt ich nochmal ins Moor gehen und eine rote Rose hineinwerfen sollen. Für Clara."

„Wo immer Clara sein mag, Heinrich - im Moor liegt sie nicht."

„Natürlich. Die Rose wär für Conny."

„Die liegt dort auch nicht."

„Ach was, ich meine Ida. Du bringst mich ganz durcheinander. Meine Lebensgefährtin ist leider viel zu nüchtern, die denkt nicht dran, unsere Liebe wie Ida leidenschaftlich in erotische Verse zu gießen. Was vielleicht mit mangelnder Leidenschaft zu tun haben kann oder damit, dass sie sich mit dem Versmaß nicht auskennt. Meine Socken stopft sie ja auch nicht. Sag mal - hat Clara die womöglich auch erfunden?"

„Schon möglich."

„Das sag ich ihr lieber nicht. Also grüß mir deine Clara, wenn sie denn existiert und nicht auch ihre eigene Erfindung ist. Grüß auch Conny und all die vielen vermutlich nicht real existierenden Leute mit ihren tollen Macken, die es, samt dem ebenfalls Claras Phantasie entsprungenen Tiefenhäuser Moor samt Moorkatz und dieser ganzen idyllischen Gegend auch nicht gibt. Kein Schwarzwald, nirgends. Sind wir doch alle Geschöpfe der Phantasie eines Irren."

„Oder einer Irren." Augustin hob den Finger. „Vergiss nie, auch die Damen zu erwähnen, sonst kriegst du Ärger." Er drückte mir eine Flasche in die Hand: „Kirsch vom Indlekofer."

„Aber der ist hoffentlich ..."

„Nein, den gibt's wirklich. Einen bessern findest du - fast hätt ich gesagt erfindest du nicht. Hier die Tüte mit Tobias' Moorkätzchen fürs morgige Frühstück, und in diesem Päckchen ist ein Andenken an ein paar Tage, die du hoffentlich nie vergessen wirst. Aber erst zu Hause aufmachen!"

Ich versprach es, stieg ins Auto, hupte zweimal, er winkte mir nach.

*

Die Dämmerung hielt sich nicht lang auf, es wurde rasch dunkel. Der Himmel zeigte sich sternklar, ein saftigfetter Mond - ich gedachte kurz des bei Vollmond durch die Luft spazierenden Oberweschnegger Schlafwandlers - leuchtete mir heim. Fuhr vorbei an Schluchsee und Titisee, freute mich an den funkelnden Lichtern der Häuser, die sich im Wasser spiegelten und entschloss mich dann, nicht wie sonst durchs Glottertal zu fahren, sondern durchs kürzere Höllental.

Ich kam auf der zweispurigen Strecke gut voran, kaum Verkehr, was mich wunderte, die Strecke ist gewöhnlich viel befahren. Gleich würde der Hirschsprung kommen, linkerhand auf hohem Fels steht er, der Hirsch: stolz, in Lebensgröße, prächtiges Geweih und eine lokale Berühmtheit. Er sei, geht die Sage, von einem Jäger verfolgt, von diesem Felsen auf den gegenüber auf der anderen Straßenseite gesprungen. Ein heutiger Hirsch hätte dafür zwar Flügel haben müssen, aber vielleicht waren die früheren Hirsche besser im Weitsprung. Und das Volk wollte einen Helden, man bedichtete und besang ihn, goss ihn in Bronze und stellte ihn oben auf den Felsen. Er wechselt öfters sein Aussehen, geht mit der Mode, mal zeigt er sich längs- mal quergestreift, mal geblümt, mal vergoldet, zuletzt sah ich ihn mit Pudelmütze. Kletterfreudige schwindelfreie Witzbolde nehmen sich gern seiner an, die Touristen freut's, sie zücken Handy und Kamera. Man sieht ihn gut von unten und ...

Ich bremse jäh. Etwa zehn Meter vor mir, mitten auf der Fahrbahn, steht er. Majestätische Haltung, hoch erhobener Kopf, prächtiges, vielzackiges Geweih. Er glänzt golden - ein Ganzkörperheiligenschein. Sein Platz hoch droben auf dem schmalen Felsen - ich schau hinauf - ist leer. Ich täusche mich nicht, der helle Mond beleuchtet die Stelle.

Der Hirsch wird zum Platzhirsch, er denkt nicht dran zu weichen.

Ich ebenso. „Nein", sag ich, „nicht mit mir!"

Dieser arrogante, unerträglich besserwisserische Hirschblick! Er senkt den prächtig geweihten Kopf wie zum Angriff ...

„Was glaubst du, wer du bist! Denk an Augustins Kuh. Dir zeig ich's, du Quantenhirsch!" Ich geb Gas und fahr auf ihn zu, fahr durch den sanft Verblassenden, sich in Luft Auflösenden hindurch. Kein Zusammenprall. Nichts dahinter. Ich fahr rechts an den Straßenrand, steig aus, blick zurück. Die Straße - leer. Blick nach oben: Golden im Mondlicht glänzt auf seinem Felsen der Hirsch. Er glänzt nicht allein. Auf seinem Rücken steht, einer Zirkusreiterin gleich mit wild im Nachtwind flatterndem Haar - Conny.

Was hat dieses Weib zu nächtlicher Stunde hoch auf dem goldenen Hirsch im Höllental zu suchen? Im Höllental - heißt es nicht, *nomen est omen*? Das kann nicht mit rechten Dingen zugehen. Aber mit welchen Dingen dann? Sie hebt beide Arme, wiegt sich anmutig hin und her, winkt mir zu, tanzt, eine lodernde Flamme, auf dem Rücken des goldenen Hirschs, sie brennt und lodert und glänzt und leuchtet und strahlt wie auf der gewaltigen Kuppel des Doms zu St. Blasien. Auch der Hirsch leuchtet und strahlt und glänzt, und als ich, vom Glanz und dem Leuchten geblendet, die Augen senken muss, seh ich auf dem Kühler meines Autos einen langen Kratzer im Lack, darin ein paar winzige Goldflitter.

Wut steigt in mir hoch. „Das lass ich mit mir nicht machen", brüll ich hinauf, „es gibt euch nicht, ihr habt kein Recht, hier zu sein und euch über mich zu amüsieren" - schau auf das Auto - und wieder nach oben - es muss doch eine Möglichkeit geben - andere hatten das ja auch geschafft - das Mondlicht ist sehr hell ...

„Lass es!" sagt die Stimme. Augustins Stimme. Ich hör sie klar und deutlich in mir. „Das hat schon mal einer versucht, ein Selfie wollte er machen, ich und der Hirsch, den hat man dann unten auf der Straße zusammengekratzt. Reg dich ab, fahr heim und trink einen Kirsch!"

*

Ich bin zu Hause, in Sicherheit, aber diese Sicherheit ist nur eine äußere, die innere zerbröselt unaufhaltsam. Ich sitze am Fenster in meinem Fernsehsessel, starre auf den Bildschirm, aber ich nehme nicht wahr, was sich dort abspielt. Vermutlich ein marktorientierter, leichenreicher Krimi, Herumgeballere, Schreie, Blut, Geröchel ...

Ich zappe den Krimi weg. Der Bildschirm ist leer. Nur weißliches Geflimmer und Geflirre.

Ich dreh den Sessel zum Fenster. Der Mond - er hat, ich seh's deutlich, zwei abstehende Ohren, vielleicht ist auch er ein männlicher Nachkomme Idas, hockt auf dem Kamin des Nachbarhauses und grinst fies, wie nur Monde grinsen können.

Ich weiß nicht mehr, ob ich, wie bisher, meinen fünf Sinnen trauen soll. Ob ich mir trauen soll. Augustins unmögliche Geschichten - waren es vielleicht gar keine Bären, die er mir aufgebunden hat?

Bin ich womöglich doch eine Erfindung Claras, dieser Frau, die offenbar nichts anderes zu tun hat, als wie ein Magier ständig jemand oder etwas aus dem Hut zu zaubern, ohne dran zu denken, was das für Folgen haben kann?

Sein oder Nichtsein, das ist hier die Frage.

Nicht schlecht formuliert, denke ich. Geradezu druckreif. Aber hat das nicht schon ein anderer gesagt? Ein dänischer Prinz, den ein gewisser Mr. William Shakespeare sich ausgedacht hat, von

169

dem manche heute annehmen, dass auch er das Geschöpf der Phantasie eines bisher Unbekannten sei?

Ich bin nicht Hamlet. Bin Heinrich, den sie in der Schule den Seefahrer nannten.

Wenn ich überhaupt bin.

Ich spüre in meiner Hosentasche das Rindenstück mit dem Astloch. Und einen Blick im Nacken. Dreh mich um. Heb das Rindenstück an die Augen ...

Der Bildschirm ist nicht mehr leer. Da ist ein Kopf. Der Kopf hat ein Gesicht. Das Gesicht von Ida Boy-Ed. In diesem Gesicht ist nichts Unheimliches, ein leichtes, fast ironisches Lächeln liegt in den Mundwinkeln. Um den Hals eine mehrfach geschlungene Perlenkette, eine Perle am linken Ohr. Ein voluminöser schwarzer Hut mit breiter Krempe.

Wir starren uns an. Aug in Aug.

Mal sehn, wer's länger aushält.

„Das ist unmöglich", sage ich. „Was mir passiert ist, kann nicht sein. Haben Sie mich verstanden, Frau Boy-Ed? Ja? Dann wiederholen Sie bitte, was ich gesagt hab!"

Frau Boy-Ed öffnet den Mund. „Das ist unmöglich", sagt sie, „das kann nicht sein." Sie sagt aber nicht ,das', sie sagt ,dat'. Wie man in Berlin sagt. „Dat is unmöchlich, dat kann nich sein." Nickt mir zu, leichten Spott in Augen und Mundwinkeln, und verblasst langsam, wie in Zeitlupe. Wie Augustins Kuh. Wie mein goldner Höllentalhirsch.

Nur der elegante Hut bleibt noch eine kurze Zeit, dann entschließt auch er sich zu vergehen. Auf dem Bildschirm wie zuvor nur weißliches Geflimmer und Geflirre.

Da sitz ich nun, ich armer Tor ...

„Wenn du etwas nicht schlucken kannst, halt dich an den heiligen Blasius! Vielleicht bringt's ja was."

Sagt Augustin.

170

An vielem hab ich herumwürgen müssen in den letzten Tagen. Heiliger St. Blasius, mach, dass alles nicht wahr ist, und ich stifte dir eine dicke Kerze aus echtem Bienenhonig. Nein, zwei, eine für

Ida, eine für den Hirsch. Zur Unterstützung des Stoßgebets gibt's, wie von Augustin empfohlen, einen Kirsch. Mit Silbermedaille. Vom Indlekofer, dem großen Schnapsbrenner am Tor zum Moor. Dann noch einen. Dann fress ich alle Moorkätzchen, sieben auf einen Streich, ohne sie aufzubacken.

Es bringt nichts. Das Übel, der Kloß in der Kehle, ist immer noch da. Wie der Kratzer an meiner Hand. Der Katzenkratzer dieser Kratzekatze. Der Bilderkatzentatzenkratzer.

Vielleicht ist der heilige Blasius auch gerade anderweitig beschäftigt, oder er ist Abstinenzler und hat was gegen Kirsch. Schön, dann kriegt er die Kerze nicht. Dann kriegt sie halt die Gottesmutter in Bierbronnen mit dem großen Herzen für durstige Seelen.

Das Bild, das ich mir von der Welt gemacht hatte, ist mir abhanden gekommen. Das Bild von Kühen und Katzen, von Raben und Schweinen und Kuckucks? (Kuckucken? Kucken?) -, von Blitzen, Autoschlüsseln, Bäumen, Kapellen, von Einstein, Freud, C.G. Jung und fürstlichen Äbten, von der Heiligen Familie, von lebenden und toten Dichtern, Dichterinnen, Engeln und auch das Bild von mir selbst ...

O du lieber Augustin, alles ist hin!

Aber warum gerade ich?

„Vielleicht, mein Lieber, war deine Idee, die Hauptstrecke zu verlassen und mich zu besuchen, keine zufällige, und gar nicht so dumm. Vielleicht hattest du diese Begegnung, und alles, was sie auslöste, bitter nötig."

Sagt Augustin.

Ich seh ihn vor mir. Er sitzt am Kamin, in dem ein Feuer brennt, neben ihm räkelt sich in einem blauen Sessel eine atemraubend schöne schwarze Katze, der er auf seiner Viola da gamba etwas vorspielt. Die Katze klopft mit dem Schwanz den Rhythmus, manükiert sich die Pfoten und schnurrt. Er spielt eine Suite von

Marin Marais, dem berühmten französischen Gambisten. Oder Gambinisten. Oder Gamber. Oder Augustin singt, die Katz schnurrt, der Grünewaldengel spielt auf seiner Viola da gamba, was mich etwas verwirrt, denn der Engel stammt aus dem fünfzehnten Jahrhundert, Marais aus dem siebzehnten. Doch den Engel kümmert das wenig, er nimmt die Zeit nicht ernst, spielt über sie hinweg und strahlt von innen heraus übers ganze Gesicht. Aber nicht blau. Manchmal greift er daneben, erwischt einen falschen Ton. Das stört weder Augustin, noch den Engel, noch die Katz.

„Er kann's halt nicht so gut. Vielleicht wird's ja noch, wenn er nur fleißig übt. Engel sind nicht vollkommen."

Sagt Augustin.

Eigentlich stört es mich auch nicht. Mir scheint, als hätte ich eine Grenze überschritten, eine Grenze in eine Welt, die ich vergessen habe, seit ich mir abgewöhnte, sie gelegentlich durch das Astloch eines Rindenstücks zu betrachten ...

Ich sehe einen melancholisch dreinblickenden Dichter und einen temperamentvollen Professor um einen mächtigen alten Kirschbaum wandeln. Der Baum steht im Garten von Haus Tannenbaum. „Du könntest es kaufen", hör ich Augustins Stimme. „Das Haus, den Garten, den Baum, den Siebenschläfer auf der Bühne, und den Rilke bekämst du gratis dazu ..."

Vielleicht hat mir wirklich das alles gerade noch gefehlt. „Wie du! Zum Wohl!"

Der kleine Kerl im langen Nachthemd, dem ich zuproste, schlafwandelt mit geschlossenen Augen, ausgestreckten Armen und seligem Lächeln auf dem schmalen Brett, das ich zwischen zwei Bücherstapel gelegt habe. *Gruß von Conny* steht auf dem Zettel, er lag in dem Päckchen, das Augustin mir zum Abschied in die Hand gedrückt hatte.

„Wir wandeln halt alle über Abgründe", sage ich zum Männchen.
„Ob wir uns dessen bewusst sind oder nicht."

Zeitfracht Medien GmbH
Ferdinand-Jühlke-Straße 7
99095 Erfurt, Deutschland
produktsicherheit@kolibri360.de